AF391948

L'Odyssée des neiges

DU MÊME AUTEUR

Disparue chez les Mayas, Ottawa, Éditions David, 2017.
Ski, Blanche et avalanche, Ottawa, Éditions David, 2015.
24 heures de liberté, Ottawa, Éditions David, 2013.

Pierre-Luc Bélanger

L'Odyssée des neiges

ROMAN

David

Catalogage avant publication de Bibliothèque et Archives Canada

Bélanger, Pierre-Luc, 1983-, auteur
    L'odyssée des neiges : roman / Pierre-Luc Bélanger.

(14/18)
Publié en formats imprimé(s) et électronique(s).
ISBN 978-2-89597-663-9 (couverture souple). —
ISBN 978-2-89597-695-0 (PDF). —
ISBN 978-2-89597-696-7 (EPUB)

    I. Titre. II. Collection : 14/18

PS8603.E42984O39 2018   jC843'.6   C2018-905739-4
                                     C2018-905740-8

Les Éditions David remercient le Gouvernement du Canada, le Conseil des arts du Canada, le Conseil des arts de l'Ontario et la Ville d'Ottawa pour leur appui à leurs activités d'édition.

Les Éditions David
335-B, rue Cumberland, Ottawa (Ontario) K1N 7J3
Téléphone : 613-695-3339 | Télécopieur : 613-695-3334
info@editionsdavid.com | www.editionsdavid.com

*À Lucienne Poitras,
une femme de caractère passionnée de motoneige,
avec qui j'ai parcouru un circuit similaire à celui
de cette histoire et qui prouve qu'il n'y a pas d'âge
pour profiter des joies de l'hiver.*

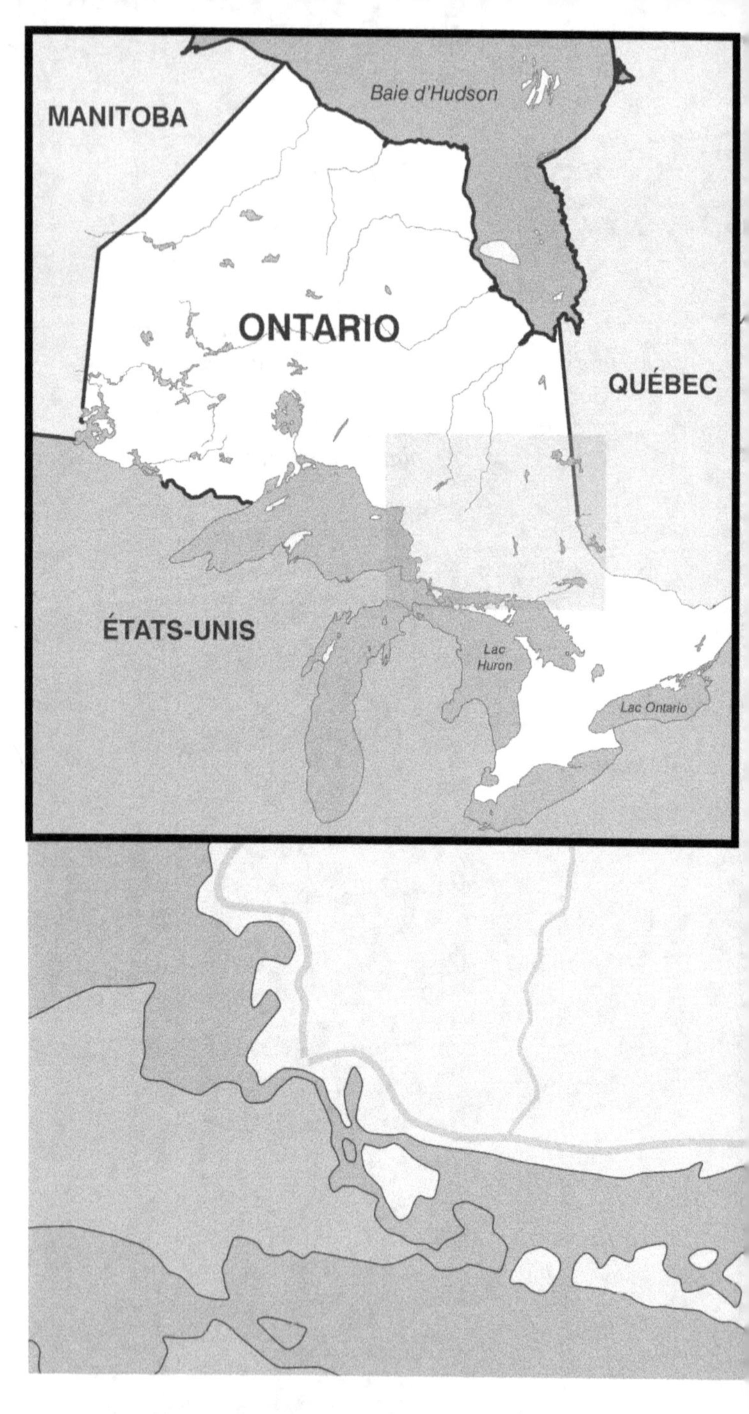

MANITOBA
Baie d'Hudson
ONTARIO
QUÉBEC
ÉTATS-UNIS
Lac Huron
Lac Ontario

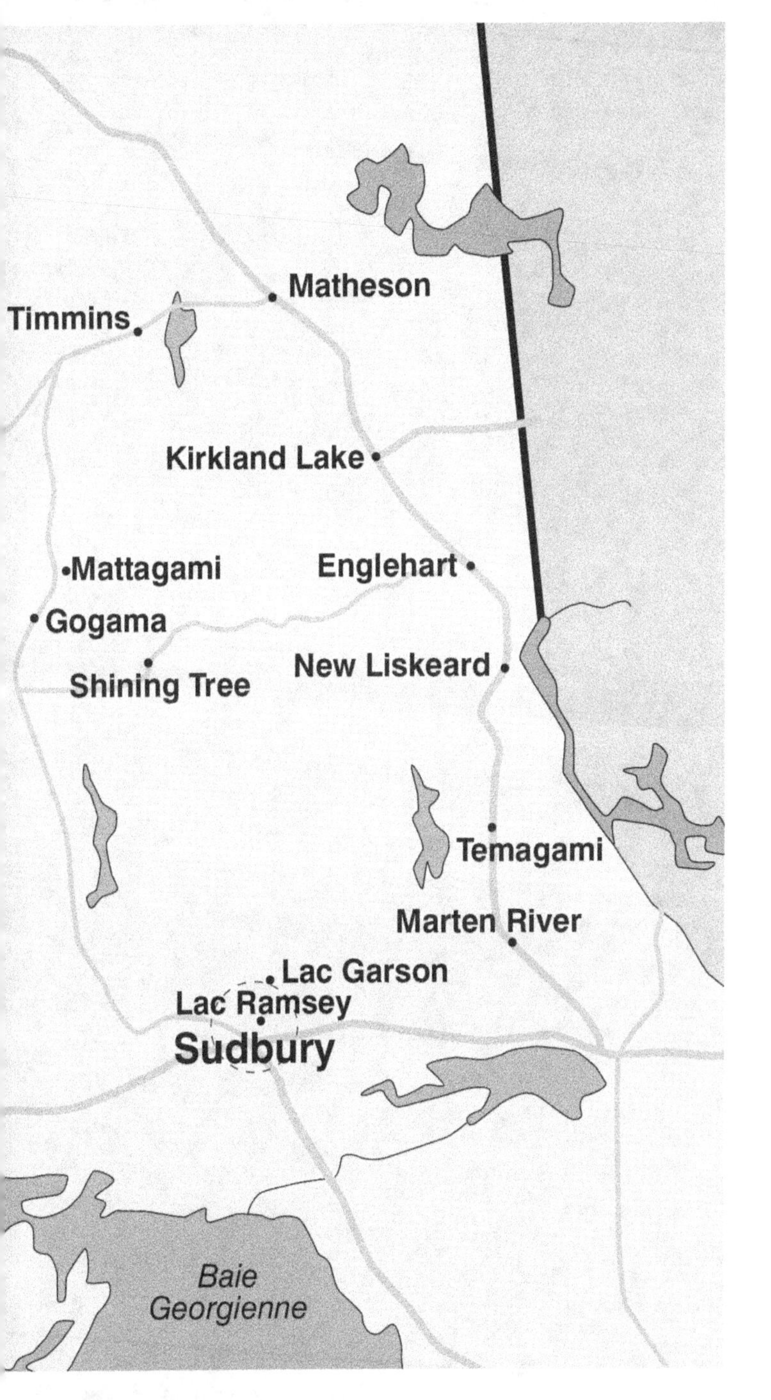

Matheson
Timmins
Kirkland Lake
Mattagami
Englehart
Gogama
Shining Tree
New Liskeard
Temagami
Marten River
Lac Garson
Lac Ramsey
Sudbury
Baie Georgienne

CHAPITRE 1

Il lance, il…

— M'man, peux-tu peser dessus un peu plus ? On va être en retard !

— Regarde devant, le feu est rouge et il y a un groupe d'enfants qui traverse. Je ne peux pas faire grand-chose, dit-elle calmement, quoique avec une trace d'irritation dans la voix.

— Ben… j'sais pas… klaxonne ou quelque chose, pour qu'ils se grouillent un peu.

Théo Marchand (T pour les intimes) poussa un soupir de soulagement lorsque le feu de circulation passa au vert. L'adolescent, qui n'avait jamais été doué de patience, détestait être en retard à ses entraînements, à ses parties et à ses tournois de hockey. De plus, il avait un rituel à exécuter, avant que ses lames ne touchent la glace. Superstitieux, il était persuadé que la série de gestes et les paroles qu'il répétait depuis l'âge de trois ans l'avaient rendu meilleur. À vrai dire, c'était son père, Carl, qui lui avait enseigné comment se calmer, car le jeune Marchand était une terrible boule d'énergie, qui rebondissait sur les murs du vestiaire. En même temps, il était d'une nervosité maladive. Oh, combien de fois Éloïse et Carl avaient nettoyé les vomissures de leur benjamin dans la voiture après le trajet entre leur demeure dans l'est d'Ottawa et les arénas! Le père avait trouvé comment canaliser l'engouement de son fils, mais ce placebo était devenu une vraie manie.

Cinq minutes plus tard, Éloïse Gervais gara sa Volkswagen dans le stationnement de l'aréna Potvin. En un temps record, Théo en sortit, passa à l'arrière, ouvrit le hayon de la familiale et en extirpa sa poche et son bâton de hockey. Sans prendre le temps de remercier sa mère, il galopa vers l'entrée de la patinoire. Mme Gervais consulta sa montre. Son fils serait dans le vestiaire trente minutes avant la période d'entraînement estival. « Il me presse pour rien, le grand. Ça va lui prendre exactement sept minutes pour son rituel, puis un autre sept pour s'habiller. Il va même avoir un gros seize minutes pour niaiser avec les gars. »

Maintenant, elle bénéficiait de deux heures avant de revenir. Elle comptait aller visiter sa mère qui demeurait dans une résidence de personnes âgées autonomes non loin de là. Parfois, elle avait l'impression de consacrer plus de temps à faire le taxi qu'à travailler à son véritable emploi au salon funéraire Rhéaume-Beckett, où elle était directrice adjointe depuis des années. « Si je commençais à facturer Théo pour les trajets interminables à l'aréna, je pourrais me payer des chaussures Jimmy Choo chaque mois! » En quittant le stationnement, elle remercia le ciel que son fils aîné, Victor, pratique le karaté dans un dojo à cinq minutes à pied de la maison. Bien entendu, il avait quelques compétitions par année, mais rien d'aussi exigeant que l'horaire de fou du plus jeune.

Dans le vestiaire, Théo commença son rituel d'avant-glace, bien connu de ses coéquipiers. D'autres joueurs arrivés tôt le dévisagèrent curieusement. Dans les camps d'été, en effet, il y avait des jeunes de diverses équipes de la ville, qui le voyaient faire pour la première fois. Il prit trois grandes inspirations. Ensuite, il compta le nombre de crochets qu'il y avait au mur. Il sortit trois balles de sa poche d'équipement et se mit à jongler pendant deux minutes. Puis, il récita intérieurement trois fois le mantra que lui avait dicté son père, tout en tapant la cadence sur ses cuisses : « Un coup de patin, deux coups de patin, regarde-moi bien. Bâton en main, rondelle en chemin, regarde-moi bien. Passe à Martin, passe à Robin, regarde-moi bien. Dans le fond du filet, je marque un point, regarde-moi bien ! » Il termina par trois respirations profondes avant de commencer à enfiler son équipement.

Un ado court, mais costaud, déposa sa poche à côté de celle de Théo et lui assena une claque monumentale dans le dos.

— Comment ça va ?

— Pas pire, pas pire, Tyler. J'ai hâte de voir ce que l'entraîneur va nous faire faire.

— Oui, moi aussi. Surtout que la fin de semaine dernière, c'était tellement facile.

— Facile, pour nous deux, mais les autres avaient l'air à moitié morts, même s'il nous restait vingt minutes de temps de glace, ajouta Théo tout bas, voyant que certains joueurs les épiaient.

— Ouin... t'as raison. C'est qu'on n'est pas du même calibre. La majorité ne se rendra même pas en junior majeur. Nous, on a de bonnes chances de...

– Chut, dis pas ça. Tu sais que c'est malchanceux…

– Théo, toi et tes maudites superstitions, t'es trop vieux pour croire encore à des niaiseries de même.

– Tu peux bien y croire ou pas. J'ai ma façon de faire et ça marche, donc ferme-la !

La discussion prit fin quand l'entraîneur, M. Geoffrey, siffla et ordonna aux joueurs de sauter sur la glace en moins d'une minute, s'ils ne souhaitaient pas faire le test d'endurance *beep* durant toute l'heure. Les *boys* se grouillèrent pour gagner la patinoire. Certains continuèrent d'enfiler épaulettes, chandails, gants et casques en marchant dans le couloir. Parce qu'un lambin arriva deux secondes en retard, M. Geoffrey condamna tout le monde au test d'endurance. Il se montra indulgent et ne les fit souffrir que dix minutes. Les jeunes devaient patiner jusqu'à ce qu'ils entendent le coup de sifflet, puis changer de direction. Les séquences variaient constamment. Impossible de déterminer quand on pourrait respirer un instant. Certains éprouvaient de la difficulté à suivre le peloton mené par Théo et Tyler.

Comme d'habitude, l'entraîneur ne lâchait pas les hockeyeurs une minute. Il leur imposait divers exercices de vitesse, d'agilité et de collaboration. Il insistait sur le travail d'équipe. Étant donné que les jeunes provenaient de différentes équipes, ils n'étaient pas habitués à jouer ensemble. La chimie n'existait pas entre ces joueurs disparates. « Non, mais il y a bien une raison pour laquelle le hockey n'est pas un sport individuel », pensa-t-il, en voyant Théo et Tyler se passer la rondelle en ignorant le reste des ados sur la glace. « Oui, ils sont doués, mais quand t'as cinq colosses tout en muscles qui te pourchassent, c'est bon d'avoir des coéquipiers qui t'aiment assez pour te protéger... sinon faut t'attendre à manger une volée! » L'homme au sifflet décida qu'il fallait travailler davantage la collaboration. Alors, il se fit entendre et rassembla les gars.

— OK, maintenant on va changer un peu de tactique. Je vais former des équipes de six. Vous allez partir du fond de la zone des visiteurs et vous échanger la rondelle un minimum de huit fois, avant de l'envoyer dans le filet à l'autre bout. Compris? demanda-t-il en zyeutant Théo Marchand et Tyler Cousineau-Miller.

Les deux furent déçus que l'entraîneur ne les place pas dans la même équipe. Ils tentèrent de rouspéter, mais un strident coup de sifflet mit fin à toute protestation.

Théo se trouvait dans le premier groupe. Bryan effectua une passe à Ludovic, qui à son tour poussa la rondelle vers Pierre-Alex, qui la mania un peu avec sa palette et l'envoya à Carter... ensuite à Steph, qui la renvoya à Ludo, qui la projeta vers Théo, qui s'impatientait. Une fois qu'il eut le contrôle de la rondelle, il s'empressa de filer vers le but et de décocher un lancer frappé, qui entra en trombe dans le coin supérieur droit. Pierre-Alex arriva à la hauteur de Théo et lui fit part de sa façon de penser.

— Non, mais tu ne sais pas compter ou quoi? Fallait faire huit passes, pas six!

— Ta gueule! J'ai fait un super beau tir. Si on jouait pour de vrai, on aurait un point. Tu devrais me féliciter au lieu de m'engueuler.

— Regarde bien Théo, nous autres aussi on rêve d'être dans la LNH. Pour se rendre là, faut pas seulement du talent avec la *puck*, mais aussi de l'esprit d'équipe. Toi, tu ferais mieux de te mettre au patin artistique. De même, t'aurais toute la patinoire à toi!

Au lieu de répondre, Théo lança son bâton et ses gants sur la glace. Il empoigna le chandail de P.-A. Avant qu'il n'ait le temps d'asséner un coup, M. Geoffrey sépara les deux joueurs. Tyler arriva et retint son ami. Il le tira un peu à l'écart afin qu'il ne s'attire pas davantage d'ennuis.

— Bon, punition aux deux. Pierre-Alex, t'as deux minutes. Théo, c'est quatre pour toi.

— Mais, c'est lui... commença l'adolescent.

— Y a pas de mais. En veux-tu huit?

Théo ne répondit pas, il ramassa ses gants et son bâton et se dirigea vers le cachot. P.-A. alla au banc des joueurs au lieu de s'asseoir avec lui, croyant probablement que le siège ne serait pas assez long pour son ego en plus de deux hockeyeurs. Deux minutes passèrent. Dès que Pierre-Alex réintégra l'entraînement, Théo se mit à frétiller. Les deux minutes supplémentaires lui semblaient interminables. M. Geoffrey patina jusqu'à lui et demanda s'il était disposé à suivre les consignes et à faire preuve d'esprit sportif. Le désir d'être sur la glace le démangeait tellement que Théo accepta immédiatement, prêt à donner sa console de jeux vidéo dernier cri ou ses cartes autographiées de Sydney Crosby et de P.K. Subban s'il le fallait.

Cette fois, l'entraîneur exigea qu'il y ait au moins dix, oui, DIX passes avant d'expédier la rondelle dans le but. Théo inspira et expira lentement, puis se mit en place. Il balaya la surface de jeu du regard. Ses coéquipiers venaient d'effectuer trois passes. Il fut surpris quand Carter lui envoya la rondelle, persuadé qu'on allait le faire attendre. Il réagit rapidement et décocha un lancer en direction de Steph. Le caoutchouc continua d'être balloté d'un bord et de l'autre. Quand Bryan lui fit une passe à nouveau, Théo hésita, puis marcha sur son orgueil et envoya le disque à Ludovic. Cette onzième passe étonna tout le monde, même le receveur, qui s'arrêta net et dévisagea le jeune Marchand. Puis, il sortit de sa transe et poussa la rondelle dans le filet. M. Geoffrey eut un sourire en coin. « Si je réussis à casser sa tête de mule, il aura vraiment des chances de progresser dans ce sport », se dit-il, avant de donner un coup de sifflet et d'indiquer à l'autre équipe qu'il était temps de commencer la routine.

L'entraîneur consulta l'heure sur le tableau de pointage. Il leur restait dix minutes avant de devoir évacuer la glace. Un tour de Zamboni, puis il y aurait une heure de patin libre. Il donna quelques coups de lames jusqu'au banc des joueurs, empoigna un seau plein de rondelles et les éparpilla près du rond de mise au jeu central. Puis, il donna la consigne de viser le coin supérieur gauche. Les gars se ruèrent vers les galettes de caoutchouc et se mirent à lancer vers les deux filets. Les rondelles volaient partout, parfois sur la cible, souvent ailleurs. Certaines heurtaient les poteaux et occasionnellement la baie vitrée ou les bandes de bois. Tyler, Pierre-Alex et Carter performaient bien à cet exercice. Théo en arrachait un peu, car il était plus habile à droite. P.-A. en profita pour placer un commentaire mesquin.

— Wow, il est humain. Il en manque lui aussi. Il n'y a pas de recruteur dans l'aréna, heureusement !

Avec des coups comme ça, il ne ferait même pas la pire équipe de la ligue.

— Ferme-la, P.-A., ou c'est moi qui vais te la fermer!

— Ah, ouin! J'ai juste à me tenir à ta gauche et tu ne m'atteindras pas!

En moins de deux, les bâtons, les gants et les casques revolèrent. Les deux joueurs se rouèrent de coups, sans merci. Quelques gars se jetèrent dans la mêlée pour séparer les deux combattants. Ils reçurent des baffes et se mirent à frapper eux aussi. M. Geoffrey eut beau siffler et tenter de s'immiscer dans l'échauffourée, ce fut peine perdue.

Théo fut déséquilibré par un solide coup de bâton dans le bas du dos. En chutant vers l'arrière, il heurta durement le patin d'un joueur avant de percuter la glace, tête première. Témoin du tumulte, le chauffeur de la Zamboni actionna la sirène des buts. Le bruit strident figea les bagarreurs assez longtemps pour que l'entraîneur et quelques joueurs moins impulsifs réussissent à écarter les plus vio-lents. En essayant de reprendre leur souffle, les batailleurs se mirent à récupérer leur équipement dispersé sur la surface de la patinoire. M. Geoffrey s'apprêtait à sermonner la bande d'ados, lorsqu'il s'aperçut qu'il y en avait toujours un d'étendu. Théo Marchand avait les yeux fermés, son cou penchait à un drôle d'angle et sa tête baignait dans une mare de sang qui durcissait au contact de la glace.

— Vite, quelqu'un, appelez l'ambulance!

L'entraîneur s'agenouilla à côté du blessé et prit son pouls. Il mit sa main devant le nez et la bouche de la victime et sentit un peu d'air. Théo respirait. Puis, M. Geoffrey lui souleva les paupières et lui examina les yeux.

En attendant que les secours arrivent, Tyler refusa de laisser son ami. L'entraîneur lâcha un cri, ordonnant à tous de gagner le vestiaire et de lui laisser de la place. C'est à contrecœur que le jeune homme s'exécuta. Il tentait de garder son sang-froid, se disant que ses connaissances en premiers soins étaient nulles et qu'il ne serait d'aucun secours à son copain. En voyant le short que son ami avait suspendu aux crochets après s'être changé, il conclut que Théo devait y avoir laissé son téléphone intelligent. Il fouilla dans les poches du vêtement et en extirpa l'appareil. Après une brève hésitation, il entra deux fois le numéro de joueur de Théo. Le code fonctionna et le téléphone se déverrouilla. Tyler parcourut les contacts et trouva « Maman ». Il appuya dessus.

— Allô Théo, je suis presque arrivée !

— Madame Gervais, T a eu un accident... pis ça l'air grave ! L'ambulance arrive...

CHAPITRE 2

L'attente interminable

— C'est moi. Théo s'est frappé la tête. Il est parti en ambulance au CHEO[1]. Je suis en route vers l'hôpital.

— Quoi? Pas encore! T'es pas dans l'ambulance avec lui?

— Non, j'étais en chemin quand Tyler m'a avertie. J'ai viré de bord. Viens me rejoindre, Carl.

— Euh... oui, OK, donne-moi juste le temps de me rendre, répondit-il avant de raccrocher.

En sortant de la banque où il avait un rendez-vous pour une transaction immobilière, Carl téléphona à son fils aîné. N'ayant pas d'information, il promit de le rappeler dès qu'il aurait des nouvelles.

Au volant de son Audi, il se fraya un chemin entre les voitures et se rendit à l'hôpital en un temps record... et sans contravention! Promptement, le père sortit de sa berline et se dirigea vers l'urgence. Une fois à l'intérieur, il scruta la salle d'attente du regard. Sa partenaire des vingt dernières années,

---

1. Le Centre hospitalier pour enfants de l'est de l'Ontario.

Éloïse, marchait de long en large dans la pièce. Ses cheveux châtains étaient retenus en queue de cheval par un élastique. Elle portait une jupe kaki et une blouse sans manches bleu marine, à boutons jaunes. Ses sandales à semelles compensées la grandissaient tellement qu'une fois à côté de lui, elle le dépassait d'un pouce. Il n'avait jamais compris pourquoi il était le plus court de toute la famille. Son père, ses trois frères, ses oncles et ses cousins mesuraient tous au moins six pieds, mais lui s'était arrêté à un misérable cinq pieds sept. En s'approchant, il réalisa à quel point elle semblait énervée. Ses yeux noisette étaient dépourvus de leur éclat habituel et ses fines lèvres formaient une moue angoissée.

— Éloïse, qu'est-ce qui se passe ?

— Carl ! dit-elle en l'étreignant, t'es arrivé enfin.

— Oui, j'ai pu me faufiler assez bien dans la circulation et j'ai trouvé un stationnement tout près. Mais, ce n'est pas grave ça, qu'est-ce qui se passe avec Théo ?

— Je ne sais pas. On ne me dit rien. Quand je suis entrée, on m'a informée que les médecins l'examinaient. La réceptionniste m'a demandé de remplir un formulaire et d'attendre ici... Ça fait un bon bout de temps. C'est Tyler qui m'a appelée avec le cell de Théo. Il y a eu une bataille et notre gars est tombé, il s'est cogné la tête sur la glace... Il y avait... du sang..., parvint-elle à ajouter, avant d'étouffer un sanglot en reniflant bruyamment.

— Tabarouette ! Il s'est encore battu, et je gage qu'il avait balancé son casque. Pourtant, il devrait savoir que c'est dangereux. Surtout qu'il a déjà eu une commotion cérébrale !

— Je le sais… mais la dernière fois, on nous l'a dit tout de suite. Là, il n'y a pas de nouvelles.

— Viens, on va aller demander au comptoir.

— Je l'ai déjà fait, répondit Éloïse, la voix découragée.

— J'sais bien, mais au moins je ne me sentirai pas si inutile.

Éloïse et Carl durent attendre quelques minutes, car une famille était déjà en train de poser des questions à la préposée. Un homme et une femme à l'accent créole demandaient dans combien de temps leur fille pourrait voir un docteur. Ils étaient persuadés qu'elle s'était fracturé le poignet en tombant de la balançoire au parc. La mère tenait la fillette dans ses bras, lui caressant le dos afin de l'apaiser un peu. Au bout de deux minutes, la préposée salua les Marchand-Gervais. Elle leur demanda comment elle pouvait les aider.

— Malheureusement, je n'ai pas plus de nouvelles pour l'instant. Les médecins sont toujours en train de soigner votre fils. Je vous promets de vous faire signe dès que j'aurai de l'information.

Les parents de Théo avaient obtenu la réponse qu'ils attendaient. Quoique ce ne soit pas celle qu'ils espéraient recevoir. Ils retournèrent dans la zone d'attente et s'écrasèrent dans deux chaises. Carl regardait constamment les aiguilles de sa montre qui parcouraient le cadran à pas de tortue. Après trente minutes, Éloïse proposa d'aller chercher des cafés. Carl offrit de rester là au cas où on viendrait leur parler. Il en profita pour envoyer un texto à Sandrine.

Avec un petit sourire, il effaça le fil de textos et vida l'historique de ses appels. Il n'aurait pas à faire semblant d'avoir une maison à faire visiter en soirée. La nature de son emploi facilitait ses rendez-vous amoureux, car des clients souhaitaient souvent visiter des demeures pendant leur pause du dîner ou après le travail. C'était la couverture parfaite pour une aventure. Au moment où il rangeait son téléphone dans sa poche de pantalon, Éloïse arriva et lui tendit un gobelet de carton. Carl la remercia et prit une gorgée de la boisson fumante. Elle le regarda, une question dans les yeux.

— Les seules nouvelles que j'ai eues pendant ton absence étaient liées au boulot. L'offre d'achat du condo hyper luxueux au bord du canal Rideau a été acceptée. Ça va faire une superbe commission. La visite du bungalow adapté à Vanier n'aura pas lieu ce soir, ajouta Carl, sans préciser que la vente du condo avait eu lieu à dix heures le matin et que le bungalow n'existait pas.

— Pour le condo, disons que ça ne me surprend pas. Les photos que tu m'as montrées étaient spectaculaires. Peut-être qu'à notre retraite, on déménagera dans une résidence comme ça.

— Au nombre de fenêtres qu'il y avait, ça nous coûterait une fortune en rideaux !

Le couple continua de s'échanger des platitudes. Au moins, le temps filait pendant qu'ils

bavardaient et ils s'inquiétaient un peu moins.
À dix-sept heures, ils reçurent un texto de leur
aîné. Victor voulait savoir s'il y avait du changement. Devait-il se faire quelque chose à souper ou
allaient-ils arriver bientôt avec Théo ? Carl alla
faire un tour à l'extérieur étant donné que l'uti-
lisation du téléphone cellulaire demeurait pros-
crite à l'urgence. Il expliqua la situation. Le ton
du père poussa l'aîné à promettre de venir avant
de s'entendre dire que ça ne servirait à rien d'être
trois à l'hôpital. Le jeune homme de dix-neuf ans
n'écoutait plus. Il sortit de leur maison unifamiliale
à Orléans et se mit au volant de l'ancienne Passat
de son père. Ce véhicule n'était pas son moyen de
transport de prédilection, mais comme il ne l'avait
pas payé, il s'en contentait. Le moteur au diésel
pétarada au démarrage. Vic se rendit à la bretelle
de l'autoroute, à la croisée de la 10e Ligne et de
la 174. Il accéléra afin de se glisser dans le flot de
circulation qui se dirigeait vers l'ouest.

*　*
*

Tyler tentait de se distraire en jouant à un jeu de
stratégie sur son téléphone. Il ne cessait de penser
à l'infortune de son meilleur ami. Inséparables
depuis la maternelle, dans la classe de Mme Guezo,
tous deux avaient la passion du hockey ainsi qu'un
talent pour manier la rondelle. Étant donné que
Mme Gervais s'était rendue directement à l'hôpital, il avait ramassé les vêtements et les effets de
son coéquipier à l'aréna et les avait apportés chez
lui. Depuis quelques minutes, il reconnaissait le
bruit de sirène de buts signalant l'entrée de textos

sur le cellulaire de Théo. Puis, la sonnerie retentit. Il vérifia qui téléphonait. Devait-il ignorer l'appel puisque ce n'était pas son appareil ? Mais c'était la blonde de Théo... Avant que la boîte vocale n'embarque, il prit la communication.

— Hey, Penny, c'est Tyler.

— Salut, pourquoi c'est toi qui réponds au cell de T ?

— Euh... il s'est blessé au hockey et il est à l'hôpital. J'ai pris ses affaires après l'entraînement.

— Quoi ? Est-ce qu'il est correct ?

— Je ne le sais pas. J'espère.

— Comment ça, tu sais pas ?

— Il s'est cogné la tête sur la glace en tombant. Notre *coach* nous a renvoyés au vestiaire. Théo est parti en ambulance.

Inquiète, Pénélope lui annonça qu'elle allait appeler à l'hôpital et qu'elle lui donnerait des nouvelles.

Un peu plus tard, les parents de Tyler lâchèrent un cri du bas de l'escalier. Ils étaient inquiets qu'il ne soit pas descendu pour le souper, surtout qu'ils avaient préparé les raviolis au homard dont il raffolait.

— Je n'ai pas vraiment faim, répliqua le gaillard aux cheveux foncés et aux yeux sombres.

— J'ai de la difficulté à croire ça, surtout après ton entraînement de hockey, commença Jacob Miller avec un lourd accent anglophone.

— Et parce que t'as toujours faim, ajouta à la blague Frédéric Cousineau.

— Ouin... je sais, des raviolis au homard... je peux bien en manger un ou deux... me priver de souper ne fera pas arriver les nouvelles de Théo plus vite.

Tyler dévala l'escalier. Le trio passa à table dans la grande cuisine. Les parents tentèrent de lui changer les idées en parlant du chalet qu'ils avaient l'intention de louer aux Mille-Îles.

— Selon les photos que j'ai vues en ligne, c'est immense. Il y a une grande salle de jeu avec une table de billard, de ping-pong, de babyfoot… commença Frédéric.

— On pourra faire le tour des îles avec les… *what do you call them* ? demanda Jacob.

— Les motomarines, répondit Tyler.

— *Yes, yes,* les motomarines.

* *
*

Victor était arrivé au CHEO depuis peu. Ses parents angoissaient visiblement. Comme ils allaient se lever pour aller voir la réceptionniste qui venait d'entrer en fonction pour la soirée, une femme vint à leur rencontre.

— Madame Gervais et Monsieur Marchand ?

— Oui, c'est nous ! répondit Carl.

— Bonsoir, je suis la docteure Prajapati. Si vous voulez bien me suivre, j'aimerais vous renseigner sur l'état de votre fils.

CHAPITRE 3

Un dur réveil

Le bureau de la neurochirurgienne, peint en blanc, était meublé d'une façon fonctionnelle. Une table de verre trônait au centre, sur laquelle il n'y avait qu'une boîte de mouchoirs et un portable. Quatre chaises l'entouraient. Une bibliothèque était garnie de livres médicaux et de dépliants offrant des solutions ou des ressources concernant le système nerveux, le squelette, la paralysie, le deuil... Un téléviseur était suspendu au mur. Le local aurait dégagé une atmosphère froide, n'eût été des toiles colorées représentant des fleurs.

La D^re Prajapati alluma l'écran de son ordinateur et appuya sur un bouton pour sélectionner la source Bluetooth. Deux radiographies du crâne de Théo apparurent sur le téléviseur, une de profil et une de dos.

— Comme vous le voyez, il n'y a pas de dommage latéral. Toutefois, il y a une petite fissure à l'arrière. La bonne nouvelle, c'est que sous l'impact, le sang s'est écoulé au lieu de demeurer entre le cerveau et l'os crânien. Donc, pas de poche de sang qui applique une pression sur le cortex cérébral.

Mais votre sportif devra se remettre d'une commotion. Au bout de trois à quatre mois, la sensibilité aux bruits et aux lumières, les troubles de concentration et les maux de têtes devraient s'être estompés.

Éloïse, Carl et Victor écoutaient attentivement les explications du médecin. Ils voyaient la petite fissure, de la taille d'une aiguille. Puis, la spécialiste fit apparaître une nouvelle radiographie.

— Voici la colonne vertébrale de Théo. Ses vertèbres lombaires ont absorbé le choc. Sous l'impact, la moelle épinière a été touchée. Nous avons fait une série de radiographies et de scans afin de voir la sévérité du trauma. Cette partie de la colonne contrôle les jambes, ajouta-t-elle, avant de faire une pause, pour leur laisser le temps d'assimiler l'information. Nous avons dû solidifier les vertèbres avec du ciment orthopédique.

— Est-ce… est-ce qu'il est… paralysé ? parvint à demander Carl.

— Heureusement, ce n'est pas le cas. Théo a été extrêmement chanceux. La blessure à la moelle est légère. Je la catégoriserais de niveau 2 sur une échelle de 10.

Un lourd fardeau venait d'être enlevé des épaules de la famille de Théo. La docteure Prajapati ne leur laissa pas le temps de se réjouir.

— Écoutez, il n'est pas paralysé, mais il ne pourra pas marcher sans aide avant plusieurs mois, voire un an, dans le pire scénario. Je suis sûre qu'avec de la volonté et beaucoup d'efforts, il pourra retrouver la force et l'agilité de ses jambes, mais les dommages sont tout de même sérieux. Vous savez, la moelle c'est un gros paquet de nerfs qui forment un circuit, du cerveau aux articulations. Dès qu'il y a un traumatisme, le courant électrique, si on peut dire ça comme ça, ne passe plus. Théo devra être suivi par moi ainsi que par une équipe de physiatrie.

— Est-ce qu'on peut le voir ? demanda Éloïse.

— Présentement, il dort. Nous avons dû lui donner une dose de morphine pour atténuer la douleur. S'il se réveillait, il ne vous reconnaîtrait peut-être pas, il serait dans les vapes.

En voyant l'allure déconfite des parents, la docteure leur offrit de passer le voir. La famille sortit du bureau et suivit le médecin jusqu'à l'ascenseur pour se rendre au quatrième étage. Ils prirent le couloir jusqu'à la chambre 429. Théo se trouvait dans le second lit.

— Je vous demande de ne pas rester plus de cinq minutes. Surtout, n'essayez pas de le réveiller. Il faut lui donner le temps de récupérer. Quand vous sortirez, passez à la station des infirmières près de l'ascenseur, on vous remettra de la documentation ainsi que les noms des thérapeutes qui s'occuperont de votre fils.

Après leur avoir souhaité au revoir et bon courage, elle retourna à ses autres patients. Les Marchand-Gervais entrèrent doucement dans la chambre. Dans le premier lit, un garçon, qui ne devait pas avoir plus de dix ans tentait de reproduire un dessin de Spiderman sur une feuille blanche. Il regardait attentivement l'illustration d'une bande dessinée. Il tirait la langue à chaque trait qu'il faisait. Victor le salua de la main en marchant sur la pointe des pieds jusqu'au lit de son frère. Théo était presque aussi blême que ses draps. Quelques tubes et autant de fils reliaient son corps inerte à des machines. Carl passa un bras autour des épaules de sa conjointe et l'autre autour de celles de son fils. Ils tentèrent de retenir leurs larmes, mais ce fut en vain.

Théo respirait paisiblement, inconscient de ce qui lui arrivait. Un large bandage entourait sa tête. On voyait tout de même des mèches noires frisées au-dessus du pansement. Son père lui avait souvent demandé de se faire couper les cheveux afin d'avoir l'air moins pouilleux. L'ado s'obstinait à les garder longs, usant du prétexte que les joueurs de hockey devaient avoir des boucles qui sortaient de leur casque... et que Penny aimait y glisser ses doigts. En regardant son fils, Carl se dit que la coupe de cheveux était insignifiante, dans les circonstances.

Éloïse aurait aimé voir les yeux gris de son fils et y déceler l'étincelle de vitalité qui les caractérisait. Elle observa la petite cicatrice qu'il avait près de l'arcade sourcilière droite, vestige d'une chamaille avec Tyler à propos de qui était le meilleur joueur de hockey de toute la LNH, en 2008. Les deux garçons s'étaient battus, Théo était tombé et s'était cogné sur une chaise de patio. La paire s'était juré de se détester à jamais. Mme Gervais sourit légèrement en se souvenant que la querelle du siècle n'avait duré que le temps d'aller à la clinique pour trois points de suture.

Au bout de cinq minutes, une infirmière aux cheveux roux toussota doucement afin d'attirer l'attention des visiteurs. La jeune femme leur demanda poliment de laisser leur fils se reposer et de la suivre, car elle avait des documents à leur remettre. La famille sortit de la chambre à contre-cœur. Le patient du premier lit salua Victor. Son dessin de Spiderman prenait forme.

En quittant le stationnement de l'hôpital, leurs voitures allemandes se suivirent en cortège jusqu'à Orléans. Victor, qui écoutait habituellement de la musique à tue-tête en conduisant, éteignit sa chaîne stéréo. Il se concentra sur la route, quoique sa tête fût ailleurs. « Je ne peux pas croire ce qui arrive à Théo. Va-t-il falloir qu'il réapprenne à marcher ? Ça n'a pas de sens », se dit-il en serrant le volant. Les mêmes idées monopolisaient l'esprit de sa mère et de son père, chacun au volant de son véhicule.

Plus tard en soirée, les parents et le frère cherchaient à se changer les idées. Victor parcourut les quatre cents chaînes de télé du satellite sans trouver quoi que ce soit à regarder. Carl consulta ses courriels du boulot sans en lire un seul. Il ne faisait que regarder dans le vide, ignorant les sept messages qui l'attendaient dans sa boîte de réception. Éloïse tenta de compléter un sudoku sur sa tablette, mais les chiffres ne lui disaient rien. Elle se leva du fauteuil où elle s'était assise dans le salon et proposa aux gars de manger quelque chose. Ni le père ni le fils n'avaient faim. Mme Gervais prépara tout de même des sandwichs au fromage grillé. Ils en mangèrent quelques bouchées, sans être capables de les terminer. Chaque morceau semblait rester pris dans la gorge.

Penny n'avait pas réussi à connaître l'état de santé de son copain en appelant à l'urgence. On ne divulguait des renseignements personnels qu'aux membres de la famille immédiate. Être la blonde d'un patient, mineur en plus, ne donnait rien. L'adolescente aurait aimé appeler Mme Gervais, mais elle ne connaissait pas son numéro de téléphone et la maison de Théo ne possédait plus de téléphone résidentiel depuis belle lurette.

Impatiente, elle décida d'envoyer un message à Victor via Messenger. Elle doutait qu'il soit en ligne, mais elle espérait qu'il avait activé les paramètres de notification. D'interminables minutes s'écoulèrent avant que son téléphone n'émette le son d'un message reçu. Le grand frère de son chum disait : *Grave accident. T devrait s'en remettre... Très longue récup.* Elle partagea ces bribes d'information avec Tyler.

* *
*

Le 19 mai, dix heures dix-huit. Théo Marchand se souviendrait longtemps de la date et de l'heure fatidiques où la D^{re} Prajapati lui annonça qu'il demeurerait alité quelque temps avant de pouvoir marcher comme avant. L'ado fixa le médecin, les yeux écarquillés et la bouche béante. Il ne savait quoi dire. La sentence était prononcée. Théo vit sa carrière de hockeyeur s'envoler en fumée. « Faudra oublier le patin... j'aurai tellement de retard sur les autres ! » Il voulut crier, mais rien ne sortit. C'était étrange, car depuis qu'il avait balbutié ses premiers mots, personne n'avait réussi à le faire taire.

Pendant la journée, de nombreuses livraisons furent effectuées à sa chambre : ballons gonflés à l'hélium, fleurs, panier de fruits, cartes de souhaits et même un clown ! Théo n'arrivait pas à saisir tout ce qui se passait. Les drogues qu'on lui administrait n'aidaient pas non plus. Lorsqu'on vint le tester, il fut déboussolé de sentir très peu les mains qui tâtaient ses jambes et ses cuisses. Il se voyait tel un fantôme à l'extérieur de son corps, une expérience surréelle. Il avait mal à la tête. On aurait dit qu'une main invisible pesait sur son cerveau. Théo reconnut la drôle de sensation qu'il avait eue après sa première commotion cérébrale.

Même lorsque ses parents et son frère vinrent lui parler, il ne les entendit pas. On l'aurait cru catatonique. Le médecin expliqua à Éloïse et à Carl qu'il était normal de se sentir ainsi étant donné le choc du diagnostic. Peu après, divers intervenants de l'équipe de physiatrie vinrent rencontrer le patient et sa famille. Le Dr Mattar, psychologue, l'ergothérapeute Marceline Saint-Juste et Christophe Auclair, le physiothérapeute, épauleraient Théo afin qu'il surmonte cet effroyable drame.

CHAPITRE 4

Quand ça va mal, ça va mal

Déjà une semaine s'était écoulée depuis l'accident. Sept jours remplis de hauts et de bas. Théo passait du désespoir à la détermination, entrecoupés d'une douleur qui le replongeait dans la déprime. Il tentait de se montrer fort lorsque sa famille ou ses amis venaient le visiter. Dès qu'il se retrouvait seul, ses pensées ne cessaient de s'assombrir. « Ma vie est finie ! »

Il trouvait les journées terriblement longues. Il avait de la difficulté à se concentrer sur la lecture ou la télé, surtout si les images défilaient rapidement ou clignotaient. Les visites régulières du personnel ne le distrayaient pas non plus, tellement elles étaient prévisibles. En effet, dès six heures du matin, on venait ajuster la posologie de ses médicaments. Un aide-infirmier l'aidait à aller aux toilettes et à se laver, ce que le jeune trouvait terriblement humiliant. On lui apportait à déjeuner, puis défilait le personnel médical : médecin, psychologue, infirmières, physiothérapeute. Tout le monde le saluait, lui posait des questions, prenait des notes, tâtait ses jambes, son dos, son cou. Lors des séances de physio, on l'aidait à activer ses jambes par l'entremise d'exercices souvent douloureux. Une grande partie de ses journées, Théo se trouvait dans sa chambre, seul, sans grandes nouvelles. On lui avait expliqué qu'il était très chanceux. Si le traumatisme s'était avéré plus grave, non seulement aurait-il dû faire une croix sur le sport, mais il n'aurait plus contrôlé ses fonctions urinaires, fécales et sexuelles. Théo fut abasourdi d'apprendre qu'il aurait eu des érections, sans ressentir de plaisir.

Depuis son arrivée, trois jeunes patients avaient partagé la chambre 429 avec lui. Au début, il y avait eu Antoine, le maniaque de Spiderman, puis Scott, qui ronflait terriblement et, enfin, Rachid qui semblait avoir les écouteurs soudés dans les oreilles. Il battait le rythme de la musique sur sa cuisse gauche et ne faisait de pause que si le médecin venait vérifier sa main droite, qu'il s'était grièvement brûlée en jouant avec des feux d'artifices.

Théo fut bien heureux de voir la tête de Tyler dans le cadre de porte. Il fit signe à son ami d'entrer. Le hockeyeur déposa son sac à dos sur la chaise dans le coin de la pièce et, d'un bond, s'assit sur le lit.

— Hé! Brasse-moi pas trop, espèce d'ignorant!

— T'es déjà blessé, ça peut pas faire grand-chose de pire, me semble.

— Espèce d'abruti! Tu pourrais me déplacer une vertèbre ou quelque chose!

— OK, OK, désolé, docteur Marchand! Je vais me tenir à un mètre de distance dorénavant.

Il descendit du matelas en exagérant ses mouvements, au ralenti, pour ne pas faire bouger le lit. Puis, il fit choir son sac au sol et prit place dans la chaise.

— Docteur Marchand, j'aime ça. Tu veux que je t'écrive une prescription pour te soulager de ton imbécillité ?

— Si t'avais trouvé un médicament pour ça, faudrait que t'en prennes une bonne dose toi-même !

— Bah, on pourrait avoir un deux pour un à la pharmacie.

— Ha ! Ha ! Ha ! Je ne sais pas si ça compterait pour accumuler des points de fidélité ? Mes parents adorent ça.

Les deux amis pouffèrent de rire. Théo grimaça, à cause des soubresauts. Ty lui demanda si ça allait. Le blessé répondit oui, pour faire le dur, mais ne parvint pas à convaincre son meilleur ami. Alors, Tyler ouvrit la fermeture éclair de son sac à dos et se mit à en sortir des objets, question de lui changer les idées.

— Je t'ai apporté tes livres et des travaux pour l'école, plein d'affaires pour passer le temps… et une surprise de Papa Jay.

— Est-ce que c'est ce que je pense ?

— Absolument !

Tyler tendit un plat de plastique, Théo s'empressa d'en retirer le couvercle. À l'intérieur, se trouvaient des carrés de fudge à l'érable, la spécialité de Jacob Miller et le péché mignon du jeune Marchand. Il en prit un et le mangea en un temps record. Puis, il en offrit à son ami.

— Ça va, j'en ai mangé cinq avant de partir de la maison.

— Ah, il est tellement bon ! Dis merci à Papa Jay, c'est super gentil de sa part.

— Tu sais que t'es chanceux, T. Normalement, il en fait seulement deux fois par année…

– À Noël et à Pâques… je le sais. T'as jamais remarqué que je vais toujours chez vous à ces temps-là ?

– Bien… oui, mais je pensais que c'était moi que tu venais voir !

– Disons que le fudge, c'est un bonus. Ton père devrait en vendre, il ferait fortune.

– Sans doute, mais il ne s'amuserait pas autant à en faire.

Tyler continua de vider son sac. Il lui remit une balle antistress, un roman graphique, son téléphone intelligent laissé dans le vestiaire le jour de son coup dur, des nouveaux écouteurs, un toutou en peluche avec un t-shirt sur lequel était écrit : « Guéris vite, champion ! » Théo reconnut le nounours. Sa mère et lui l'avaient acheté à la boutique de l'hôpital lorsqu'ils étaient venus consoler Ty qui, à sept ans, s'était cassé le bras en tombant d'une structure de jeu, dans la cour d'école.

– Je ne peux pas croire que tu l'as encore.

– Oui, j'ai fouillé dans une trentaine de boîtes au sous-sol avant de le trouver. Comme t'es superstitieux, je me suis dit que t'aimerais ça. Mon bras est comme neuf… c'est peut-être à cause de lui, ajouta-t-il en pointant l'ourson.

Les camarades passèrent trois quarts d'heure à bavarder. Quand une garde vint voir comment se portait le patient, Tyler salua son ami, lui promit de revenir l'aider à faire ses travaux scolaires, puis s'éclipsa. Il n'avait pas osé dire qu'il devait partir s'il ne voulait pas arriver en retard à l'entraînement de hockey. Le sujet serait délicat pour bien longtemps.

Carl passa visiter son fils pendant le dîner. Il avait ramassé un hamburger double, garni au goût de Théo, extra ketchup et rien d'autre, dans un casse-croûte près de l'hôpital. L'ado lui dit que s'il avait su qu'en se blessant il pourrait manger toutes les cochonneries qu'il aimait, il l'aurait fait avant. La blague tomba à plat.

Des gens vinrent voir le patient qui partageait la chambre avec Théo. Les conversations se déroulaient en anglais, en français et en arabe. Le mélange de langues, le bruit du système de climatisation, la voix de son père, puis la vidéo qu'un des visiteurs fit jouer sur son téléphone cellulaire firent déborder le vase. Théo souhaita guérir vite de sa commotion. Par expérience, cependant, il savait qu'il pâtirait encore longtemps. « Dès que je pense que ça va mieux, on dirait que je reçois une claque en pleine face », pensa-t-il. L'ado se força à ne pas pleurer.

* *
*

Penny prétendait que les hôpitaux lui donnaient la trouille et elle évitait normalement d'y mettre les pieds. Elle trouva le lit vide. Avant qu'elle ne trouve son téléphone cellulaire dans son sac à main coloré, le patient du lit voisin, un garçon d'une douzaine d'années, lui annonça que Théo était parti avec le physiothérapeute. Il serait de retour bientôt. La jolie fille le remercia et bavarda avec lui quelques instants. L'enfant s'était fait opérer la veille pour une crise d'appendicite aiguë. Il récupérerait quelques jours avant de retourner à la maison. Penny lui souhaita de prendre du mieux rapidement.

Quelques instants plus tard, Théo entra dans la chambre, assis dans un fauteuil roulant poussé par un bénévole. Ce dernier lui donna un coup de main pour passer de la chaise au lit. Théo était assez fort pour soulever sa carcasse en s'appuyant sur les bras du fauteuil, mais ce n'était pas évident d'exécuter la manœuvre sans avoir recours à ses jambes. Il fut heureusement surpris de voir sa petite amie au chevet de son lit. Elle n'était passée le voir qu'une fois. Ils s'étaient seulement parlé au téléphone et s'étaient échangé des textos. L'adolescente fut soulagée de voir le bénévole sortir de la pièce et le patient d'à côté enfoncer ses écouteurs dans ses oreilles afin d'écouter un film sur son portable.

— Alors, Penny, t'as finalement vaincu ta peur des hôpitaux ?

— T'es drôle... Pas vraiment... C'est juste que ça faisait longtemps que je t'avais pas vu en personne.

— C'est vrai, l'application d'appel vidéo, c'est pas la même chose.

Elle ignora son commentaire.

— Comment vas-tu ? Est-ce que tu peux marcher plus, maintenant ?

— Non, je peux à peine me lever en me tenant aux barres parallèles dans la salle de physio.

— Juste ça ! s'exclama-t-elle.

— Oui. Juste ça, c'est le mieux que j'ai pu faire depuis presque un mois. Non, mais t'as pas la moindre idée de combien de temps et d'effort ça m'a pris, répondit-il, piqué au vif.

— Euh... T, j'm'excuse... ça n'a pas sorti comme je le souhaitais. Je sais que c'est très difficile de remarcher, j'ai vu un film...

— Ouin, bien là, c'est ma vie, pas un film, ajouta-t-il, bêtement.

Tous les deux gardèrent le silence quelques instants. Ils ne savaient pas trop quoi dire pour éviter d'éveiller la colère de l'autre. Penny consulta l'heure sur son téléphone. Elle prit une grande inspiration avant de parler.

— Écoute, ce que je vais te dire n'est pas facile. Je suis allée aux noces de ma cousine Jessica, il y a deux semaines. Comme il n'y a pas beaucoup de jeunes de mon âge dans la famille, ça ne me tentait pas d'être toute seule. Alors… j'ai invité Randy.

— Randy, le gars dans notre cours de maths ?

— Oui, il est super gentil. On s'entend bien. On a dansé toute la soirée et…

— Laisse-moi deviner, ça fait deux semaines que tu tentes de trouver le courage de me dire que c'est fini, parce que moi je ne peux pas aller danser avec toi !

— C'est pas ça… c'est…, bredouilla-t-elle.

— Alors, c'est quoi ?

— Je l'aime.

— Bye, Penny.

— Théo…

— J'ai dit bye, dit-il fermement.

L'adolescente essuya une larme du revers de la main et se dirigea vers la porte. Avant de sortir, elle jeta un coup d'œil à son ami, mais il semblait lire un magazine. Alors, elle emprunta le couloir vers l'ascenseur.

CHAPITRE 5

Le départ

Après la rupture, Théo se laissa aller. Pendant quelques jours, il refusa même de sortir de son lit. En n'allant pas à sa physiothérapie, il aggrava son état. Il demeura plus longtemps à l'hôpital que ne l'avait estimé la D^{re} Prajapati. Plus son séjour se prolongeait, moins il avait de visites. Ses amis et ses coéquipiers, à l'exception de Tyler, bien entendu, cessèrent de venir le voir. Carl et Éloïse avaient tout essayé pour le motiver, mais il ne broyait que du noir. Son psychologue eut l'idée d'inviter des athlètes paralympiques de la région. L'ado trouva les deux gars sympathiques. Les performances des hockeyeurs sur luge visionnées sur YouTube étaient impressionnantes. Ces athlètes étaient terriblement agiles et rapides. Avant de partir, l'un d'eux lui dit :

— Mon homme, tu ne sais vraiment pas à quel point t'es chanceux. T'as la chance… non… le luxe de pouvoir remarcher… pis tu craches dessus ! Si tu savais ce que je serais prêt à sacrifier pour en faire autant. Penses-y bien fort, Théo, être prisonnier d'un fauteuil roulant, c'est loin d'être excitant.

Ces paroles eurent l'impact souhaité et Théo recommença sa réadaptation. Toutefois, il ne faisait que le strict minimum.

Il n'y avait pas que le benjamin de la famille Marchand-Gervais qui n'était pas dans son assiette. Éloïse sentait son conjoint de plus en plus distant. Carl préférait se confier à Sandrine, dans les bras de laquelle il trouvait davantage de réconfort. Tombée amoureuse avant de savoir que Carl avait une conjointe et deux enfants, la jolie brunette était terriblement mal à l'aise dans l'adultère. Elle exigea une longue pause pour réfléchir. Son amant mit cartes sur table et à partir de là, il lui confia toujours tout. Sandrine Gauthier attendait qu'il rompe pour de bon avec sa femme. Pour elle, sa relation avec Carl n'était pas qu'une aventure. Elle souhaitait de tout cœur qu'il lui présente Victor et Théo et qu'ils forment une famille reconstituée.

Au bout de deux autres semaines de physio et de traitements, la D^{re} Prajapati signa le congé de Théo, à condition que ses parents embauchent un infirmier à domicile et qu'il poursuive ses séances avec l'équipe de physiatrie. L'adolescent fut heureux de revenir à la maison à la mi-juillet. Les Marchand durent faire preuve de débrouillardise, car la demeure n'était pas adaptée aux besoins d'une personne à mobilité réduite. Carl et Victor formaient une chaise avec leurs bras et le portaient jusqu'au sommet de l'escalier quand il voulait monter à sa chambre. Éloïse les précédait avec le fauteuil roulant plié. Une fois en haut, elle l'ouvrait et ils y déposaient Théo. Mme Gervais avait installé un banc dans la douche et une barre au mur, *idem* pour la toilette.

La neurochirurgienne et le physiothérapeute avaient averti les parents que le blessé devait passer graduellement de son fauteuil roulant aux béquilles, pour activer ses jambes, s'il souhaitait guérir et marcher bientôt de façon autonome. Malheureusement, Théo se déplaçait bien en chaise roulante et continuait d'agir en paresseux. Le mois avançait, mais ses progrès se faisaient discrets. En plus d'endurer la douleur persistante et de vivre le cafard, l'adolescent trouvait ses parents de plus en plus maussades. Il doutait que sa propre situation en soit l'unique cause. Le soir, il entendait des bribes de conversation tendue. Son père revenait de plus en plus tard à la maison, ou pas du tout.

* *

*

Toc, toc, toc !

Théo déposa la bande dessinée qu'il lisait.

— Oui ?

— C'est moi.

— Entre ! dit-il, en reconnaissant la voix de son ami.

Tyler huma l'air, balaya la pièce du regard, vit les sacs de croustilles par terre près du lit et les rideaux tirés en cette belle journée d'août. Les médailles et les trophées de hockey avaient disparu. L'étagère était plutôt vide et on voyait une démarcation sur les murs, là où les affiches de joueurs vedettes de la LNH avaient été épinglées pendant des années.

— Ouin, je te dis que ça sent le lâche ici.

— T'es juste venu pour m'insulter ! beugla Théo.

— Non, mais si tu te sens visé, j'peux rien faire par rapport à ça. Toi pis ta grande sensibilité !

— Va chier !

— Bah… disons que ça f'rait pas une grande différence à l'odeur qu'il y a ici. Sérieusement, ta dernière douche remonte à quand ?

— C'pas de tes affaires !

— Longtemps de même… eh ben… Les seules filles que tu vas attirer… c'est des mouches.

— Ne lâche pas, t'es bien parti. Tant qu'à y être, si tu veux pas me voir de même, sacre ton camp !

Tyler déposa son sac à dos, dont il ne se séparait jamais, puis s'installa dans le fauteuil roulant tout près du lit. D'un coup de pied, il se propulsa à l'extrémité de la chambre. Il attendit quelques secondes avant de répliquer.

— Si tu veux que je parte, va falloir que tu me sortes de force. Compris ?

— …

— J'ai de la nourriture, ma brosse à dents et des vêtements d'extra et je n'ai nulle part où aller avant le retour en classe à la fin du mois.

La rage de Théo s'estompa. Il comprenait le jeu que jouait son meilleur ami. Dans le piteux état où il se trouvait, il devait se faire brasser. Sa famille n'en venant pas à bout, elle avait dû demander à Tyler de s'essayer, sachant que leur amitié était inébranlable.

— Bon, est-ce que tu vas prendre tes béquilles et venir me mettre à la porte ? demanda Ty, d'un ton fendant.

— Ça dépend de ce que t'as apporté comme bouffe…

— Devine.

— Le fudge de Papa Jay…

— Bien sûr, mais ce n'est pas tout.

– Est-ce que… ?

– Qu'est-ce que t'en penses ?

– Ah, tu joues cochon, mon sale !

– Ouais ! Tu peux pas résister aux boules au beurre d'arachide enrobées de chocolat. Pis, si t'en veux, va falloir que tu bouges. Je ne serai pas ton serviteur.

– Comme tu veux.

Tyler se leva du fauteuil roulant, alla fouiller dans son sac et en sortit un contenant de plastique. Il l'ouvrit, sélectionna une boule et la mit dans sa bouche. Il exagéra son expression de délice en refermant le couvercle. Tant qu'à être debout, il passa au chevet de son ami. D'un geste rapide, il saisit le chargeur du téléphone sur sa table de nuit. Il ouvrit la porte de la chambre et le lança dans le couloir.

– Hey, qu'est-ce que tu fais ? lâcha Théo.

– Quand t'en auras besoin, t'iras le chercher.

Une fois la porte ouverte, il poussa le fauteuil roulant jusqu'à la chambre d'amis. En revenant, il débrancha le téléviseur suspendu au mur devant le lit. « Il va finir par marcher, coûte que coûte ! » se promit-il, en s'assoyant dans le fauteuil de jeux vidéo. Il était persuadé qu'un peu de méchanceté bien intentionnée fonctionnerait.

*   *

*

Carl avait raté le souper. Lorsqu'il arriva à la maison, Éloïse lui offrit de lui préparer un sandwich, car les trois garçons avaient dévoré toutes les côtelettes de porc qu'elle avait cuisinées. Il refusa la nourriture. Il avait besoin de parler, pas de manger.

— Ça va pas, chéri ? T'as toute une mine.

— J'ai beaucoup de choses qui me trottent dans la tête...

— Ça fait deux jours que Tyler est ici et je vois déjà du changement, déclara-t-elle.

— C'est bien... Éloïse, ce n'est pas ce qui me chicote. Écoute... je ne sais pas comment...

— Je comprends...

— Non, Éloïse... faut que l'on se parle... ça ne fonctionne plus. J'en ai marre de faire semblant que nous sommes toujours en amour et que tout est parfait.

— Qu... quoi ? Je sais qu'on passe une phase creuse... mais... mais...

— Je suis désolé. J'aimerais qu'on essaie de s'entendre.

— C'est qui ? Est-ce que je la connais ?

— Ça n'a pas rapport.

— Avoue qu'il y a une autre femme dans ta vie.

— Oui, admit Carl doucement.

Théo surprit leur conversation en revenant de la douche. Il n'en crut pas ses oreilles. Ses parents allaient se séparer ! Sous le choc, il dut redoubler d'efforts pour regagner sa chambre sans perdre pied avec ses béquilles. L'ado se laissa choir dans son lit. Étendu sur un matelas soufflé, Ty n'obtint pas de réponse à ses questions.

*　*

*

Éloïse et Carl se parlèrent fréquemment afin de séparer leurs biens à l'amiable. Les garçons tentèrent de les réconcilier, mais le choix du père était fait. Carl emménagea chez Sandrine. Au bout de quelques jours, la famille éclatée se réunit dans le salon.

— Votre mère et moi souhaitons que notre séparation ait le moins d'impact possible sur vous deux. C'est pour ça que nous avons discuté de long en large et heureusement, nous nous sommes entendus sans avocat.

— Nous allons vendre la maison, car elle me rappelle trop de souvenirs. Carl et... et... en tout cas... vont s'en acheter une autre...

— Comme ça, vous aurez chacun votre chambre. L'appartement actuel de Sandrine est trop petit pour quatre.

— De mon côté, je vais emménager dans l'ancienne maison de grand-maman Gervais.

— M'man, c'est à Sudbury! s'exclama Victor.

— Oui, je le sais. Ça tombe bien, les locataires ont été transférés à Toronto pour le travail, donc elle est vide. Ça m'accommode que maman n'ait pas réussi à la vendre avant de déménager à Ottawa pour se rapprocher de nous. Faut que je vous dise que j'ai décroché le poste de directrice du salon funéraire Smythe, Lalonde et Maguire, à Sudbury. Monsieur Maguire prend sa retraite, j'ai acheté sa part de l'entreprise et je remplirai ses fonctions.

— Maman, c'est super loin, dit Théo. Grand-mère aura déménagé pour rien?

— J'ai... j'ai besoin d'un nouveau défi, de recommencer ma vie. Sachez que je ne vous en voudrai pas de ne pas me suivre à la porte du nord de l'Ontario. Et maman s'en remettra, dit Éloïse en étouffant un sanglot. Elle va me comprendre.

Un lourd silence plana dans le salon. Victor et Théo se regardèrent, mal à l'aise. Ils se sentaient forcés de choisir entre leurs parents. Les frères s'excusèrent et sortirent s'asseoir sur la terrasse derrière la maison, pour discuter de ce qui venait de se passer. Vic ne voulait nullement quitter Ottawa, surtout qu'il avait commencé ses études collégiales à La Cité. De plus, tous ses amis et Nancy, sa copine, demeuraient dans la capitale.

– Je ne veux pas aller vivre là-bas.

– Moi non plus. Est-ce qu'on peut laisser m'man s'exiler comme ça ?

– Euh… c'est son choix… elle a des cousins là-bas.

– J'sais bien… mais…

– On va lui parler par Skype et aller la voir pendant les vacances.

– OK, j'suppose que c'est déjà ça, répliqua Théo.

– C'est vraiment poche d'être obligés d'aller vivre avec la blonde à p'pa sans même l'avoir rencontrée.

– Mets-en !

*   *
*

Ce soir-là, Théo n'arrivait pas à dormir. Il pensait à la bombe que ses parents avaient lâchée plus tôt dans la journée. Que devait-il faire ? S'il favorisait un parent, l'autre se sentirait-il trahi ? Les battements de son cœur s'intensifièrent. Sa respiration devint haletante. L'anxiété le rongeait, ses aisselles étaient moites de sueur. Désemparé, il vérifia si Ty était en ligne. En apercevant le point vert à côté de son nom, il se mit à taper, d'une main tremblante.

Wow ! C'est tout un changement
ça ! 😮

Tu dis ! J'sais pas quoi faire.

Et Vic ?

Il reste. Moi… J'suis pris. Je
dors… pas, j'ai… chaud.

R-E-S-P-I-R-E, compte jusqu'à cinq
avant de souffler.

Théo suivit le conseil de son ami. Il recommença
six fois, pour ralentir son pouls et éviter la crise
d'anxiété qui lui ferait perdre connaissance. Déjà
mal foutu à cause de sa commotion cérébrale et de
ses fractures, il n'avait pas besoin de s'évanouir en
plus. Ty patienta jusqu'à ce que son ami se remette
à taper. Lorsque Théo éteignit sa lampe de chevet,
il avait pris sa décision. Il irait vivre à Sudbury.

CHAPITRE 6

Recommencer à neuf

Théo regardait par le pare-brise la ville de Sudbury au loin. Il n'y avait pas mis les pieds depuis six ans. L'ado se souvenait d'être venu chez ses grands-parents maternels lorsqu'il était enfant. Son grand-père Cyrille l'avait emmené avec Victor visiter le musée Science Nord et la mine de nickel. Ensemble, ils étaient allés à la pêche souvent. À l'exception de ces souvenirs, l'image demeurait floue.

— On y est presque, Théo, déclara Éloïse.

— J'espère, c'était pas mal long comme trajet.

— Bah, ce n'est pas si pire que ça. Bien mieux que lorsqu'on montait dans le temps des Fêtes et que l'on pognait une tempête de neige.

— Disons que si on en frappe une en août, je retourne tout de suite à Ottawa !

Sa mère ne répondit pas. Théo se flagella intérieurement. Il aurait dû garder son commentaire pour lui-même. La décision de tout abandonner pour recommencer à zéro dans sa ville natale n'avait pas été facile pour elle. Il changea de sujet.

— Est-ce qu'il y a du wifi dans la maison de grand-maman ?

– Euh… non, mais j'ai déjà pris rendez-vous pour activer le câble et faire installer un modem. Tu seras branché d'ici quelques jours.

– Super. J'aurais dû y penser, c'est Victor qui a montré à grand-maman comment envoyer des courriels et aller dans Facebook, lorsque tu lui as donné une tablette pour sa fête quand elle est venue vivre à Ottawa.

Au loin se dressait la cheminée de Vale-Inco, haute de près de quatre cents mètres, faisant office de vigile au-dessus de la ville depuis les années soixante-dix. Ses jours étaient comptés, mais il serait difficile de dissocier Sudbury de l'image de la tour de ciment, d'où sortait le gaz de soufre émis par l'extraction de minerai dans le processus de transformation. Plusieurs entretenaient une relation d'amour-haine avec l'industrie de la région : à la fois le cœur économique et le poumon souffreteux de la communauté. Heureusement, les initiatives de reforestation offraient une bouffée d'air frais à la métropole.

Une fois en ville, Éloïse trouva un casse-croûte où ils arrêtèrent pour se rassasier, avant de repartir vers leur nouvelle demeure. Après quelques virages, elle dirigea sa Volkswagen, remorque U-Haul comprise, dans une entrée bordée de conifères. Au bout de cinquante mètres se dressait un bungalow de brique rouge. La conductrice gara la familiale dans l'entrée, où une camionnette était déjà stationnée. Comme ils allaient descendre de voiture, la porte de la maison s'ouvrit sur un homme âgé que Théo ne reconnut pas.

– C'est qui, le vieux monsieur ?

– C'est Albéric, mon oncle, le frère de mon père. Tu l'as déjà rencontré.

– Ah... OK, ça fait longtemps, je ne m'en souviens pas.

Ils se rejoignirent devant le garage attenant à la maison. Il les salua, embrassa sa nièce sur les joues, serra la main du garçon et lui appliqua dans le dos une claque amicale qui lui fit perdre son ballant. Heureusement qu'Albéric et Éloïse avaient de bons réflexes. Ils réussirent à empêcher Théo de tomber.

– S'cuse-moi, le jeune. Je pensais que t'étais plus solide que ça sur tes béquilles.

– Ben... euh... c'est que vous m'avez surpris !

– Merci, mon oncle, de nous donner un coup de main pour le déménagement.

– Il n'y a pas de quoi. J'ai tondu l'herbe avec le tracteur, puis mon gars est venu avec ma bru pour faire un bon ménage quand les locataires sont partis. Je te dis qu'ils avaient laissé la place pas mal sale et en désordre. Des vrais cochons ! Quand je passais devant la maison, je trouvais ça pas mal triste de voir que c'était pas entretenu.

Après quelques minutes, Éloïse suggéra de commencer à dépaqueter étant donné que le véhicule et la remorque étaient remplis à capacité. Théo, incapable de transporter des boîtes, se vit ordonner par sa mère de les vider au fur et à mesure qu'elles entraient. L'ado s'assit à la table et déballa les verres et les couverts que contenaient les cartons sur lesquels était écrit CUISINE, au crayon-feutre. Lorsque la table fut recouverte, il ne sut où ranger la vaisselle et n'osa prendre d'initiatives. Il avança lentement dans le couloir des chambres. Il y en avait trois, la plus grande serait pour sa mère, la moyenne pour lui et la petite pour la visite... Théo entra dans la sienne. Le bas des murs était recouvert d'une tapisserie à carreaux bourgogne et beiges, au-dessus de laquelle on avait ajouté une bordure de papier peint décoré de malards. «Ouache, je ne me souvenais vraiment pas de ça!» se dit-il. Sa mère le rejoignit. Elle poussait son fauteuil roulant, sur lequel elle avait placé deux paniers pleins de vêtements. Éloïse lui suggéra de s'en servir pour se déplacer dans la chambre et ranger ses fringues sans tout friper. Pendant une vingtaine de minutes, l'éclopé fit l'aller-retour entre le lit où l'on avait déposé ses bagages, le placard et la commode. Pour ce qui devait être suspendu ou placé plus haut, il se servit de ses béquilles afin de rejoindre la barre, la tablette ou le tiroir.

Quand la remorque et la voiture furent vidées, l'oncle promit de repasser pour montrer à Théo comment conduire le tracteur à pelouse, en actionnant le gaz avec ses mains. Éloïse le raccompagna jusqu'à sa camionnette et lui promit de l'inviter à souper, avec son fils et sa bru, une fois qu'elle serait bien installée.

*   *

*

Le surlendemain, Éloïse enfila son tailleur préféré. Elle alla réveiller Théo en lui faisant miroiter un déjeuner de pain doré, s'il se douchait et revêtait chino et polo en moins de trente minutes. L'adolescent consulta l'heure sur son téléphone.

— Je suis en vacances et handicapé et elle me fait lever à sept heures trente. Sérieusement!

Théo s'étira un peu dans son lit et tâta le plancher jusqu'à ce qu'il mette la main sur ses béquilles. Puis, tranquillement, il se leva et béquilla jusqu'à la salle de bain dans le couloir. Le rebord du bain était pas mal haut, il eut de la difficulté à lever la jambe pour y entrer. Il manqua son coup et tomba. Le bruit sourd se fit entendre jusque dans la cuisine. Éloïse accourut à la salle de bain. Elle cogna à la porte.

— Théo ! Théo, est-ce que ça va ?

— Ou... oui. Je suis tombé. C'est tout.

— Veux-tu que je t'aide à te relever ?

— Non, dit-il sèchement.

— ...

— Merci, ajouta-t-il plus doucement.

Théo se regarda, nu, affaissé dans la baignoire, les béquilles par-dessus lui. Une fois de plus, il trouva sa condition humiliante. Il parvint à déposer ses cannes sur le carrelage. Il jugea qu'avec la barre au mur et le rebord, il réussirait à se hisser sur le banc que sa mère avait placé à leur arrivée. En forçant, il réussit à se soulever avec ses bras et à poser les fesses sur la surface de plastique. Enfin, après ces efforts, il fut récompensé par une douche bien chaude.

Lorsqu'il passa à la cuisine, Éloïse remarqua immédiatement son œil au beurre noir. Elle voulut savoir si c'était douloureux. Théo répondit que ce n'était pas la première fois qu'il avait une telle blessure et qu'avec un peu de glace, ça irait.

— Disons que tu n'auras pas belle figure pour rencontrer mes nouveaux collègues.

Théo comprit pourquoi elle lui avait fait enfiler un polo et un pantalon au lieu de son éternel duo t-shirt-bermuda. Il ne voyait pas à quoi lui servirait de passer la journée au salon funéraire.

— Est-ce que je vais devoir y aller chaque jour d'ici la rentrée scolaire ?

– Non, à moins que ça te tente. La famille, c'est important dans le nord. Tout le monde connaît tout le monde, ça aide dans les affaires et quand on a des problèmes. Je veux simplement que tu salues mes collègues. Mon oncle va passer te chercher plus tard et il te fera faire un tour en ville.

C'est ainsi qu'il fit connaissance avec Paul Smythe, Henriette Lalonde et Thomas Maguire. Les trois membres fondateurs du salon funéraire éponyme semblèrent tous très âgés à Théo. M. Maguire prenait sa retraite, mais les deux autres continuaient à travailler à mi-temps. Paul expliqua qu'il s'occuperait de la comptabilité, tandis qu'Henriette demeurerait la thanatologue désignée, même si Kevin, son assistant, la remplacerait sous peu. On lui présenta aussi Colette Lavigueur, la secrétaire-réceptionniste, et Joseph McAlister, qui veillait à l'entretien de l'immeuble et conduisait le corbillard.

En se promenant après avoir laissé sa mère en bonne compagnie, Théo aperçut un adolescent dans la salle d'exposition des cercueils et des urnes. Il entra dans la grande pièce. L'autre se retourna en entendant le bruit des béquilles.

– Salut !

– Salut, est-ce que tu travailles ici ? lui demanda Théo.

– Euh… non. Toi ?

– Non, ma… ma mère est la nouvelle directrice.

– Ah… OK.

Le mutisme d'ensuite fut un peu déstabilisant. Théo regarda l'ado devant lui. Il avait un teint cuivré et des cheveux noirs très raides, qui reluisaient. Instinctivement, il pensa au plumage d'un corbeau. Le jeune homme avait des cernes sous les yeux. Il portait un t-shirt des Maple Leafs et un short de jeans troué.

— T'aimes les Leafs ?

— Oui, pas toi ?

— Jamais de la vie !

L'expression horrifiée de Théo fit rire l'autre et les deux garçons se mirent à parler de hockey.

— Est-ce que tu joues ?

— Plus maintenant. En passant, moi, c'est Alexis Bilodeau.

— Théo Marchand. Moi aussi je jouais… vraiment bien.

Les adultes entrèrent dans la salle. M. Maguire salua Alexis.

— Bonjour jeune homme, comment puis-je t'aider ?

— Bien… euh… non, ça va… merci. Je reviendrai avec mes parents.

CHAPITRE 7

Toc, toc, toc

La fois suivante où Théo croisa Alexis, ce fut à l'hôpital. Le premier voyait l'orthopédiste tandis que le second suivait un traitement contre la leucémie. Ils ne manquèrent pas d'échanger leurs coordonnées pendant qu'ils attendaient dans la grande salle avec les autres patients. Après quelques jours, ils commencèrent à se parler sur Internet et à s'envoyer des vidéos niaiseuses mais hilarantes, qu'ils trouvaient sur YouTube. Petit à petit, ils devinrent amis.

Un jeudi midi, Alexis arriva chez son copain au volant d'une Honda Civic dont la carrosserie semblait tenir avec du *Duct Tape*. Il sonna à la porte, pizza en main. Puisqu'il travaillait comme livreur dans une pizzeria, il bénéficiait d'un superbe rabais ! Il en profitait pour faire découvrir à Théo sa préférée : extra pepperoni, extra fromage et extra sauce.

— Alexis, tu n'es pas obligé de répondre… mais… pourquoi étais-tu au salon funéraire dans la section des cercueils l'autre jour ? Seul…

— Euh… bien… je n'aime pas trop en parler ou même y penser… mais je peux bien te l'apprendre. Je t'ai dit, quand on s'est vus à l'hôpital, que j'avais la leucémie… C'est que… les traitements ne fonctionnent pas. Je vais mourir d'ici un an. Selon la travailleuse sociale, préparer sa mort aide à l'accepter. Ma mère devait me rejoindre là, mais elle a eu une crevaison en s'en venant du travail. Tant qu'à y être… je suis entré. Remettre à plus tard… ce n'est pas mon genre.

Théo figea. Que pouvait-il dire à un ami qui allait mourir, de manière imminente, d'un cancer du sang ? Voyant son embarras, Alexis essaya de le rassurer avant de changer de sujet.

— Tu sais, les médecins se trompent des fois… Est-ce qu'on regarde s'il y a quelque chose à la télé ?

*   *
*

Théo se sentait coupable quand il recevait des appels de Tyler, car il passait davantage de temps à communiquer avec son nouvel ami qu'avec son camarade de longue date. Afin d'atténuer sa culpabilité, il demanda à sa mère s'il pouvait inviter Ty pendant la fin de semaine de la fête du Travail. Elle appela Frédéric et Jacob et leur offrit de payer la moitié du voyage en avion, ainsi les deux ados auraient davantage de temps ensemble. En autobus, le trajet serait terriblement long, avec les arrêts dans de multiples villages.

— Éloïse, c'est super gentil de ta part. Tyler ne l'admettra pas, mais il ne va pas très bien depuis que vous êtes partis. Théo et lui étaient presque

frères siamois, et là, même s'il a d'autres amis, il se
sent terriblement seul, expliqua Frédéric.

— Je suis désolée… euh… j'espère que cette
visite l'aidera. Théo, va descendre chez mon m…,
chez son père pour l'Action de grâce. Ils pourront
se voir là aussi, proposa-t-elle.

— Ne t'en fais pas, je sais qu'avec le temps ça
ira, surtout quand l'école va recommencer, Ty sera
occupé avec ses cours et la nouvelle saison de hockey. En passant, comment va Théo ?

— Il ne récupère pas vite. Selon le médecin,
c'est normal. Toutefois, mon gars se décourage,
il tombe souvent, c'est dur pour son moral. Mon
oncle et moi tentons de le garder occupé, mais ce
n'est pas toujours évident. Il refuse de sortir en
public. Je n'aime vraiment pas ça. Il est trop jeune
pour devenir ermite ! blagua-t-elle.

— Et toi, Éloïse, comment vas-tu ?

— Côté boulot, je ne peux pas demander mieux.
Du point de vue personnel, c'est une autre histoire.

— N'hésite pas, si tu as envie de parler, Jacob et
moi serons toujours à ton écoute.

— Merci, Frédéric, c'est apprécié. Avec le déménagement et mon nouveau poste, je n'ai pas eu le
temps de voir qui que ce soit.

*　　*

*

Diiiing Dooong !
— M'man, peux-tu répondre ?
Diiiing Dooong !
— M'man, la porte !
Diiiing-Dooong !
— T'es où ?

Toc, toc, toc!

– OK, OK, pas de panique, j'arrive!

Théo se leva de son lit, prit ses béquilles et se traîna jusqu'à la porte d'entrée.

Toc, TOC, TOC!

L'adolescent retint un commentaire bête en voyant qui se trouvait sur le perron. Une dame d'un peu moins de cinq pieds, au teint foncé et aux cheveux bouclés, se tenait devant lui. Elle portait un polo bleu poudre avec un écusson sur lequel était brodé : Centre de physiothérapie du Grand Sudbury.

– Alors, monsieur Marchand, vous aviez oublié notre rendez-vous?

– Euh... non.

– Bon, bon, ça va, mais je vous avertis tout de suite, je ne suis ni colporteuse ni missionnaire, donc je ne veux pas attendre sur le perron. La prochaine fois, je m'attends à ce que vous soyez à la porte après deux coups maximum. Compris?

– Euh... oui, répondit Théo, surpris par son tempérament.

– Parfait! répliqua-t-elle en riant.

Mme Gervais avait décidé de faire appel aux services de physiothérapie à domicile, étant donné qu'elle devait passer de longues heures au salon funéraire et qu'il n'y avait pas d'alternative pour le transport de Théo. Bien entendu, elle aurait pu demander à son oncle de faire la navette, mais elle ne voulait pas abuser de sa gentillesse. Un marché avait été conclu avec la thérapeute, Magdeleine Séraphina Dongala.

– Monsieur Marchand, est-ce que vous allez me laisser entrer, où est-ce qu'on fait la session de physio sur le seuil de la porte?

— Bien, entrez, entrez. Appelez-moi Théo, je suis trop jeune pour le « monsieur ».

— D'accord Théo. Tout le monde m'appelle madame Maggie... ou le bourreau, ajouta-t-elle en lui faisant un clin d'œil.

Une fois qu'elle fut entrée, ils passèrent au salon. Maggie déposa son sac sur le divan et indiqua qu'elle devait aller chercher d'autre équipement dans sa voiture.

— Je te demanderais bien un coup de main, mais je pense qu'ouvrir la porte sera suffisant pour toi.

Théo ne répondit pas, il maugréa intérieurement. « Non, mais pour qui se prend-elle, cette physiothérapeute-là ? » Il l'attendit dans le vestibule. Dès qu'elle posa le pied sur le perron, il ouvrit la porte bien grande. L'ado fut surpris de voir que Maggie n'était pas seule, mais accompagnée d'une très jolie personne à la silhouette athlétique. La rouquine avait les cheveux attachés en queue de cheval. Elle portait un polo similaire à celui de la spécialiste, cependant le sien était blanc et il y avait le mot « stagiaire » brodé sous le logo. Mme Dongala lui présenta Sophie, son assistante, qui lui offrit un sourire gêné dévoilant ses broches. Pendant que la physiothérapeute expliquait à Théo ce qu'ils feraient comme exercices, Sophie assembla la table pliante, du même modèle que celles employées par les massothérapeutes. Puis, elle sortit des bandes de résistance, des poids pour les chevilles et d'autres instruments de torture.

Au bout de trente minutes, Théo était crevé. La professionnelle de la santé n'y allait pas de main morte. Elle le poussait à effectuer une variété de mouvements pour assouplir les muscles ankylosés et pour renforcer les jambes.

— Tu n'as pas besoin de me répondre, Théo, mais je suis convaincue que tu n'as pas suivi les consignes de ton physio d'Ottawa.

— Bien… c'est que…

— Écoute, c'est tes affaires, mais si tu te laisses aller comme ça, tu vas les garder longtemps tes béquilles.

— Vous savez quoi ? Je vous trouve pas mal poche, vous autres, les physiothérapeutes, les médecins, ma famille, mes amis… Vous êtes tous bien rapides à me prendre en faute et à me lancer des commentaires à la figure. Est-ce que vous vous arrêtez une minute pour penser à combien c'est douloureux… et humiliant de ne pas pouvoir se déplacer comme on veut ? Les exercices, je les fais !

Sophie regardait par terre, clairement gênée par la franchise du patient. Maggie, elle, fixa Théo droit dans les yeux. Ce n'était pas la première fois qu'on lui faisait face de la sorte. Certes, son style n'était pas apprécié de tous, mais elle savait qu'il fallait pousser les patients s'ils souhaitaient voir des résultats. Nombre d'entre eux l'avaient remerciée lorsque, enfin, ils avaient pu se déplacer de façon autonome.

— Théo, je suis désolée que ta guérison ne soit pas aussi rapide que nous le souhaitons tous. Tu as raison, on ne sait pas à cent pour cent ce que tu ressens. Sache que je suis là pour t'aider. Je peux te garantir que ça ne sera pas facile. Dis-moi, quand tu jouais au hockey et que ton entraîneur te demandait d'effectuer une nouvelle manœuvre, est-ce que tu réussissais toujours du premier coup ?

— Non.

– Qu'est-ce que tu devais faire ?

– M'entraîner, répondit-il tout bas.

– Pardon ?

– M'entraîner, reprit-il plus fort.

– Je sais que t'avais de grands espoirs de faire carrière sur la glace et je ne peux rien te promettre. Sauf que, si tu ne marches pas mieux, tu pourras mettre une croix sur bien des activités.

Enfin, la séance de thérapie recommença. Théo grimaça en effectuant les exercices les plus pénibles. Avant de partir, Maggie l'informa qu'elle parlerait à sa mère et verrait s'ils pouvaient doubler le nombre de séances de physiothérapie. Pendant qu'elle rangeait une partie de son matériel dans sa voiture, l'ado eut le temps d'échanger quelques mots avec Sophie. Il apprit qu'elle souhaitait étudier la médecine sportive. Voilà pourquoi cette fille passait l'été en stage dans une clinique de physiothérapie. Ainsi, elle connaîtrait mieux le domaine et ferait un choix d'études plus éclairé. Avant de partir, elle lui souhaita bonne chance. De nouveau seul, Théo passa à la cuisine se chercher une collation. Une tablette de chocolat en main, il retourna au salon. Au lieu de la dévorer, il la posa sur la table à café et recommença à faire des exercices.

CHAPITRE 8

Découverte au fond du hangar

— Bonjour, Sudbury! En ce lundi matin, le soleil est au rendez-vous et devrait demeurer toute la journée. Il y a une collision à l'intersection des rues Elm et Paris, alors si vous devez vous rendre en ville, évitez de passer par là. Maintenant, c'est le temps des nouvelles locales avec…

D'une main lourde, Théo cogna sur son réveille-matin. En regardant l'heure en gros chiffres rouges, il murmura des mots inintelligibles. Avant qu'il pense à se rendormir, sa mère frappait à la porte de sa chambre et lui demandait s'il était réveillé.

— Si je dis non, est-ce que tu vas me laisser dormir un peu plus ?

— Il n'en est pas question. Tu es en voie de guérison et c'est ta première journée à ta nouvelle école. Tu ne peux pas manquer ça. Si tu te lèves maintenant, j'ai le temps de te préparer du bacon.

Une fois le mot magique entendu, Théo repoussa le drap qui le couvrait. Il ramassa les béquilles qu'il avait laissées à côté de son lit et se leva. En se déplaçant relativement bien, il se rendit à la salle de bain où il réussissait depuis quelque temps à prendre sa douche sans tomber. L'éclopé avait bien hâte de se passer du banc et de seulement se servir de la barre d'appui. C'était son objectif pour la fin septembre. Selon Maggie, il avait de bonnes chances de réussir s'il continuait de progresser en physiothérapie. De retour dans sa chambre, il fouilla dans ses tiroirs et dans le placard pour dénicher la tenue qui dirait : « Je suis *cool* sans faire d'effort. » Il sélectionna un short en jeans délavé déchiré ainsi qu'un polo d'une marque branchée. En enfilant les deux pièces, il se demanda s'ils avaient rétréci pendant l'été...

Après avoir englouti bien trop de morceaux de bacon, Théo se reprocha de s'être autant laissé aller. Oui, les desserts de Papa Jay avaient été succulents et, oui, ses parents s'étaient souvent pliés en quatre pour lui préparer ses mets préférés. Ils le prenaient sans doute en pitié. Toutefois, même s'il était estropié, ça devait arrêter là. Le surplus de poids ne l'aiderait pas à se mouvoir davantage. Une fois la résolution prise, il clopina jusqu'à sa chambre où il entassa son portable, quelques stylos et un cartable dans son sac à dos. En retournant à la cuisine, il choisit une banane et une pomme ainsi qu'une bouteille de Gatorade à l'orange, en cas de petite fringale entre les cours. Hop ! Mère et fils sortirent de la maison et prirent place dans la VW, direction : l'école Macdonald-Cartier.

Au souper, Éloïse lui posa de multiples questions, en tâchant que ça ne ressemble pas trop à une inquisition. Elle souhaitait de tout cœur que son rejeton aime sa nouvelle école et redoutait qu'il regrette de l'avoir suivie jusqu'à Sudbury.

— La bâtisse est pas mal grande. La bouffe de la caf était pas pire.

— C'est bon. Pis tes cours ?

— Mon enseignante de maths semble gentille, mais stricte. Celui de français est jeune. Il va essayer de nous faire lire CINQ romans ! Y va pas bien, lui, là…

— Théo, tu exagères. Je te gage que ce ne sera pas cinq briques non plus.

— En tout cas, je l'espère.

Le cellulaire de l'ado les interrompit. Il sortit l'appareil de sa poche de short, regarda l'afficheur et s'excusa pour passer au salon.

— Oui, p'pa. C'tait pas pire. Surtout qu'Alexis, l'ami dont je t'ai parlé l'autre fois, est dans mon cours d'anglais. Pis Sophie, la stagiaire de ma physio, est dans mon cours de biologie. Au moins, j'étais pas complètement seul. Les deux m'ont présenté d'autres élèves.

— Je suis content d'entendre ça. J'ai hâte de te revoir à l'Action de grâce.

— Oui, moi aussi. On se reparle, OK ? Bonne soirée !

— À toi aussi, mon grand.

Le père ressentit un léger pincement en calculant le nombre de semaines qui s'écouleraient d'ici là.

*　　*

*

Les premiers jours d'école n'allèrent pas si mal. Théo était plus assidu qu'à l'accoutumée, car il n'était pas distrait par sa nouvelle saison de hockey. L'obligation de raconter continuellement ce qui lui était arrivé sur la glace l'énerva un peu et se faire dire, immanquablement, par tous les enseignants

de s'asseoir à l'avant de la classe l'irrita carrément.
« Ce n'est pas marcher deux mètres de plus qui
vont m'achever, me semble », pensa-t-il. Par contre,
il trouva deux avantages aux béquilles. D'une part,
tout le monde voulait les essayer, donc c'était super
pour rencontrer des amis. D'autre part, il pouvait
arriver en retard en classe. Même qu'à l'occasion,
il exagéra un peu !

Quand le vendredi arriva, Théo était excité. Ty
l'avait texté pour lui dire qu'il s'envolait à dix-huit
heures. Il avait bien hâte de le revoir et ne se fit
pas prier pour accompagner sa mère à l'aéroport.
Ils arrivèrent en avance et durent bientôt se rendre
à l'évidence. Le vol en provenance d'Ottawa avait
vingt-sept minutes de retard. Au bout d'une autre
demi-heure, Théo devint plus fébrile. Il tapotait
incessamment son banc du bout des doigts. Sa
mère choisit de s'asseoir plus loin dans l'aéroport
afin de savourer son café en paix. L'impatience
de son ado lui tombait sérieusement sur les nerfs.
Surtout qu'elle avait eu une journée mouvementée
au salon funéraire. Non seulement y avait-il eu
deux services, mais Henriette, la thanatologue,
ainsi que Kevin, son assistant, étaient tous les deux
absents pour cause de maladie. Sans compter qu'il
y avait eu une fuite d'eau dans le sous-sol et que
l'épouse d'un des défunts s'était évanouie pendant
l'exposition du corps.

Tyler apparut enfin, un sac fourre-tout en
main. Il scruta la foule qui attendait, vit son ami
et le rejoignit en quelques enjambées. Ils se firent
une accolade maladroite, encombrés par le sac
et les béquilles. Éloïse les invita à se diriger vers
le stationnement. En route, les deux garçons
jasaient comme des pies et la conductrice avait

hâte d'arriver à la maison, pour aller s'enfermer dans sa chambre et écouter des épisodes de sa série préférée en rafale.

* *
*

Le samedi matin, les amis se levèrent tard, du seul fait qu'ils avaient placoté jusqu'aux petites heures du matin. Théo trouva une note de sa mère sur la table de la cuisine.

> *Salut les gars,*
>
> *Je suis au salon funéraire. Je serai de retour en après-midi. Il y a des muffins sur le comptoir pour déjeuner et deux sous-marins à la dinde dans le réfrigérateur. Ne passez pas toute la journée à l'intérieur. Allez dehors, faites le ménage du hangar ou quelque chose.*
>
> *XOXO*
>
> *Éloïse*

Les ados engloutirent les sandwichs en même temps que les muffins et allèrent s'asseoir dans le salon. Ni l'un ni l'autre ne savaient quoi faire. C'était bien beau d'aller dehors, mais Théo n'était pas en état de jouer au ballon ou au hockey-balle. Le duo décida d'aller explorer le hangar. Théo y allait uniquement lorsqu'il avait besoin du tracteur pour tondre la pelouse, une fois par semaine. Habitué à pousser la tondeuse sur le minuscule terrain de ses parents en banlieue d'Ottawa, une affaire de vingt minutes, Tyler estima que conduire un tracteur pour couper l'herbe était vraiment excitant.

— Moi aussi je trouvais ça au début. Disons qu'après avoir passé presque deux heures à tailler la pelouse sur un terrain de plusieurs acres, je trouve ça pas mal moins spécial, affirma Théo.

— T'exagères pas un peu ?

— Non !

— Si tu le dis, T. Malgré tout, j'aimerais ça l'essayer, si tu me montres comment.

— Bah… si tu veux. Je ne chialerai pas si tu accomplis ma corvée ! Même qu'on pourra t'inviter plus souvent si tu veux faire d'autres jobines.

— Comme t'endurer, je suppose !

Théo donna une taloche à son ami et ils éclatèrent de rire. Le jeune Marchand était heureux de voir que la distance n'avait pas terni la camaraderie entre eux. Ils continuèrent d'explorer le hangar. Des caisses de bière étaient empilées dans un coin et de vieux pneus étaient entassés dans l'autre. Plein d'outils poussiéreux étaient suspendus au-dessus d'un établi accoté au mur qui se dressait à leur gauche. Au fond, il y avait des boîtes de carton marquées « Décorations de Noël », « Équipement de camping », « À donner ». Ils en ouvrirent quelques-unes pour vérifier si le contenu allait de pair avec ce qui était écrit au crayon-feutre noir. Tout leur parut bien identifié. À côté de ces cartons se trouvait un ancien mobilier de patio. Tyler suggéra de le sortir et de le laver. Ainsi, ils pourraient s'asseoir à l'extérieur et profiter du soleil.

— Bonne idée, pis m'man va être surprise et super contente.

En bougeant les chaises, ils virent qu'une bâche poussiéreuse recouvrait quelque chose derrière. Bien que sur ses béquilles, Théo réussit à retirer une partie de la toile. Une vieille motoneige noire avec de l'écriture jaune lui apparut. Il lut : Ski-Doo.

— *Cool !* Est-ce que tu penses qu'elle fonctionne ? demanda le jeune Cousineau-Miller.

— Je ne le sais pas. Elle est pas mal vieille. Faudrait voir si le réservoir est plein.

Tyler se servit de la lampe de poche de son téléphone pour consulter le cadran sur le bouchon du réservoir à essence. La flèche pointait vers le « E ». Ils examinèrent le bolide de plus près. La carrosserie semblait en bon état, idem pour la sellerie de cuir. Il y avait un peu de rouille sur les skis, mais rien d'alarmant.

— Je me demande si c'était la machine de mon grand-père, commença Théo.

— Probablement. Je suis certain que ta mère pourra nous le confirmer. Ça serait super si tu pouvais la conduire.

— Mets-en. Faudrait que je demande à mon grand-oncle Albéric ou peut-être à Alexis, ils doivent en avoir déjà conduit et ils pourraient me montrer comment m'y prendre.

Une heure plus tard, Éloïse fut contente de voir son fils et son meilleur ami assis sur des chaises longues, en train d'écouter de la musique. Après être passée à sa chambre pour enfiler des vêtements décontractés, elle remplit trois grands verres de limonade et alla les rejoindre à l'extérieur.

— Ça, c'est une belle surprise, les gars !

— Parlant de surprise, m'man, on en a eu une autre dans le hangar. Il y a une vieille motoneige. Est-ce que c'était à grand-papa ?

— Elle est encore là ? Je pensais que maman l'avait vendue avant de déménager à Ottawa, répondit-elle, une pointe de surprise dans la voix.

— C'était à grand-maman ?

— Oui, monsieur, mon père ne voulait rien savoir de ça. Il préférait le ski de fond. Mais m'man, elle, aimait la vitesse. Elle partait souvent avec des amis pour faire des courses sur le lac Ramsey et, une ou deux fois par hiver, elle allait en randonnée de plusieurs jours.

— Wow, je ne savais pas ça ! s'exclama Théo. Est-ce que je pourrais l'essayer quand il y aura de la neige ?

— Bien… t'as plus que seize ans. Si elle fonctionne, je suppose que oui. Tu devrais appeler grand-maman pour lui en parler, suggéra Éloïse.

CHAPITRE 9

Feu vert

– Ça sonne, mais elle ne répond pas. C'est toujours sa boîte vocale.

– Tu l'appelleras demain matin. M'man est probablement sortie avec des amies.

Déçu, Théo raccrocha. Il eut l'idée d'appeler Alexis afin qu'il passe les prendre pour aller faire un tour en ville. Mais il se retint. Son meilleur ami venait de faire des kilomètres juste pour passer la longue fin de semaine avec lui et, déjà, il avait besoin de quelqu'un d'autre. « Ça serait chien… Si on se croise OK, ou si Ty demande à voir du monde », décida-t-il, avant de proposer à son copain de lui montrer comment conduire le tracteur.

Les yeux de Tyler Cousineau-Miller s'illuminèrent et il se hâta vers le hangar. Théo tenta de le suivre, mais ce qui devait arriver arriva. En pressant le pas, il s'enfargea dans la racine d'un pin centenaire qui affleurait. Le coup fut brutal. Théo tenta de ralentir sa chute, mais ne réussit qu'à s'écorcher la paume des mains et à manger des aiguilles qui jonchaient le sol. Il en cracha une ou deux avant d'essayer de se relever. Tyler commençait à se dire que son ami traînait de la patte, lorsqu'il l'aperçut, allongé par terre. Il courut lui porter secours.

— Prends une béquille pour t'aider à te lever, et tiens-toi après moi, T. Je te donnerai ton autre béquille une fois que tu seras stabilisé. OK ?

En deux temps trois mouvements, Théo était debout. Il chancela un peu avant que Ty lui ajuste sa seconde béquille. Puis, il fit quelques pas. La douleur le fit grimacer.

— Ça va ?

— Ça fait mal. Je dois m'être cogné les genoux.

Ty vérifia. Les deux étaient légèrement écorchés. Le gauche semblait un peu enflé.

— Je pense qu'on devrait nettoyer tes blessures et mettre de la glace. Tu me montreras à conduire le tracteur plus tard.

Déçu une fois de plus, Théo claudiqua jusqu'à la maison. En le voyant entrer dans la cuisine, Éloïse arrêta net de couper des poivrons et s'empressa de sortir de la glace du congélateur.

— Qu'est-ce qui s'est passé ?

— Je suis tombé, c't'affaire, à cause de mes maudites béquilles ! Chaque fois que je me pense guéri, quelque chose se passe qui me fait reculer. J'sais bien pas ce que j'ai fait pour mériter ça…

— Théo, est-ce que ton dos est correct ? Ta tête ?

Le blessé opina du chef. Alors, sa mère changea de ton.

— T'apitoyer sur ton sort ne sert à rien. C'est un accident. C'est plate, mais c'est ça. Là, t'as le choix de passer à autre chose !

Les mots durs, mais honnêtes, eurent l'effet souhaité. Mme Gervais décida que si l'enflure était toujours présente le dimanche, ils iraient consulter un médecin ou ils parleraient à Maggie. Témoin de la scène et mal à l'aise, Tyler offrit à son hôtesse de lui donner un coup de main pour la préparation du souper. Éloïse ne se fit pas prier. Rapide comme l'éclair, elle sortit deux couteaux et autant de planches à découper. Elle leur ordonna de couper des oignons et des morceaux de poulet, ensuite ils pourraient assembler les brochettes et même les faire griller sur le BBQ. Théo n'était pas très habile en cuisine, faute d'effort, mais son ami s'avéra un vrai pro. Il avait l'habitude de préparer des mets avec Papa Jay.

* *
*

Le dimanche matin, les garçons étaient frais et dispos de bonne heure. Ils avaient visionné un film d'action et s'étaient couchés avant minuit. Avant même de déjeuner, Théo donna un coup de fil à sa grand-mère Lucette. Cette dernière répondit avant la troisième sonnerie.

— Bonjour, Théo ! Comment vas-tu ? C'est gentil de me téléphoner...

— Pas trop pire, grand-maman. Je marche mieux qu'avant. Mon ami Tyler est ici pour la fin de semaine.

— Super. J'ai vu ton nom sur mon afficheur hier. Désolée de ne pas avoir répondu. J'étais partie au chalet d'une amie et la réception de cellulaire était nulle. Est-ce que tu voulais quelque chose en particulier ou simplement jaser avec une p'tite vieille parce que tu t'ennuies ?

— Bien… maintenant que tu le mentionnes…
En sortant des chaises de parterre du hangar, Tyler
et moi avons trouvé une vieille motoneige…

— Je gage que tu veux savoir si tu peux t'en
servir, l'interrompit la vieille dame.

— Ouais.

— Génial. Sauf qu'elle ne fonctionne pas. Si tu
réussis à la réparer, elle est à toi !

— Vraiment ? Wow, merci, grand-maman !

— Il n'y a pas de quoi. Cette machine était ma
première : une belle Skandic II 380 1993. Je l'ai
achetée quand ta mère a terminé ses études. Ça
faisait une vingtaine d'années que je mettais ses
besoins en premier, là c'était à mon tour de me gâter
un peu. Ensuite, j'ai eu trois autres motoneiges.
Celle-là, je l'ai gardée même si je ne la conduisais
plus… une question de nostalgie, je suppose.

— Si je réussis à l'arranger, j'en prendrai bien
soin, promit Théo.

— Je n'en ai aucun doute, mon grand. Tiens-moi
au courant de tes progrès.

— D'accord, je vais t'envoyer des photos !

— Au revoir, dis bonjour à ta mère.

L'ado était fort souriant lorsqu'il rejoignit Tyler
dans la cuisine. Celui-ci était en train de manger
une quatrième rôtie tartinée de beurre d'arachide.
La bouche pleine, il envoya un regard inquisiteur
à son ami, qui lui confirma qu'elle avait dit oui,
s'ils la mettaient au point. Ty en avala tout rond
sa bouchée.

— Donc, il faut la réparer. Qu'est-ce que tu
connais en mécanique ?

— Rien. Toi, Ty ?

— Autant que toi. Je te dis, T, qu'on est bien
partis !

*   *

*

En fin d'avant-midi, le ronronnement d'une petite cylindrée qui force perça le silence de ce petit coin campagnard à l'extérieur de Sudbury. Le grincement des freins, ensuite le son d'un engin qui tousse et qu'on étouffe, mirent fin au vacarme. Alexis sortit de sa voiture et poussa sur la porte, qui refusa de rester fermée. Il souleva la poignée et, en appuyant doucement, clencha la portière de sa vieille Civic.

L'adolescent n'eut pas le temps de sortir son coffre à outils de la valise que Théo sortait du hangar et clopinait rapidement vers lui. Un jeune homme aux épaules larges et au gabarit d'athlète l'accompagnait. Ty et Alexis se donnèrent une poignée de main rapide et le trio prit le chemin du hangar. Cette fois, il y avait davantage d'espace autour de la motoneige, car Tyler avait déplacé la majorité des boîtes et des objets qui encombraient les lieux.

— Alexis, voilà le vieux ski-doo de ma grand-mère. Elle me le donne si on le répare.

— Pis, ton plan c'est que je t'arrange ça ?

— Bah... si tu peux m'aider à trouver ce qui fait qu'il ne part pas ou quelles pièces doivent être changées, ça serait super, je pourrais même te payer...

— Laisse faire ça. Je n'ai jamais réparé de motoneige. Je suppose que ça ne doit pas être trop différent du tracteur John Deere qu'on a pour tondre le gazon. Mon père s'est fait voler sa motoneige, il y a quelques années, et il n'en a pas racheté. Il aime bien mieux son VTT, car il s'en sert toute l'année et c'est pratique quand il va à la chasse.

– J'ai fouillé sur YouTube et j'ai trouvé des vidéos où on montre comment réparer de vieilles machines comme celle-là, offrit Tyler en tendant son téléphone intelligent.

– Merci ! C'est certain qu'on va en avoir besoin. Commençons par l'examiner de fond en comble. Il y a peut-être des fils grugés, des bougies carbonisées, une courroie effritée ou quelque chose du genre.

Théo défit les deux sangles de caoutchouc qui retenaient le capot en place. Ty projeta la lumière de son application de lampe de poche sur le moteur ainsi exposé. Alexis s'accroupit et se mit à scruter la mécanique de la machine. Il effleura diverses composantes du moteur. Occasionnellement, il demandait à Théo de noter ses observations.

Une heure plus tard, Éloïse pénétra dans le hangar, en saluant les apprentis qui tentaient en vain de faire démarrer le bolide. Elle leur proposa de faire une pause et de venir manger des épis de maïs cuits à point. Le trio ne se fit pas prier. Une fois attablés à l'extérieur, ils dévorèrent deux douzaines de blés d'Inde ! Théo suggéra de retourner travailler, mais Alexis prit la parole.

– S'cuse moi, Théo, mais je ne pense pas que ça vaut le coup. On perd notre temps. On brette sur la vieille machine et je n'ai toujours pas trouvé ce qui cloche. Je crois qu'il faut un professionnel.

– Peut-être que si on peut au moins obtenir un diagnostic, après on pourra faire un peu de travail nous-mêmes, suggéra Théo.

– C'est une bonne idée, qu'est-ce qu'on attend ? lança Tyler.

– Allez, les gars, embarquez avec moi ! On va en ville, offrit Alexis.

*　*

*

Les trois compères firent le tour d'autant de garages et de concessionnaires. On leur annonçait qu'on ne réparait pas de motoneiges aussi vieilles, faute de pièces ou parce que les taux horaires étaient trop élevés. Théo avait bel et bien des économies, mais il ne souhaitait pas dilapider tout son avoir pour réparer un jouet. « Si je dépense tout chez les mécaniciens, je n'aurai plus rien pour payer l'essence et me promener », pensa-t-il. Alexis proposa d'essayer un dernier endroit avant de rebrousser chemin. Quelques minutes plus tard, il gara sa voiture devant un édifice de briques brunes. Une pancarte annonçait qu'ils étaient chez « Entretien de véhicules de plaisance et de petits moteurs Quesnel ». L'une des deux grosses portes de garage était ouverte. À l'intérieur, on voyait un homme chauve en train de réparer un moteur de bateau. Les adolescents entrèrent et saluèrent le mécanicien. Celui-ci déposa la clé trois-quarts qu'il tenait.

– Bonjour, les gars ! Comment est-ce que je peux vous aider ?

– Monsieur Quesnel ? J'ai une vieille motoneige du début des années quatre-vingt-dix qui ne part pas...

– Ah, ça tombe bien. L'experte est ici aujourd'hui. Sophie !

CHAPITRE 10

Tout un défi

Théo fut sidéré de voir la stagiaire de sa physio-thérapeute se pointer. Sophie lui expliqua que son père était le propriétaire du garage et qu'il l'avait initiée à la mécanique dès son jeune âge.

– Ce n'est pas une passion pour moi. J'aime mieux la mécanique humaine ! ajouta-t-elle à la blague. Cependant, je suis pas mal habile, donc c'est une façon de gagner des sous pour payer mes études à l'université.

Les quatre jeunes jasèrent quelques minutes. La mécanicienne promit de passer examiner la « patiente » après le souper. Alexis, Théo et Tyler s'entassèrent dans la voiture et retournèrent chez Mme Gervais.

Comme promis, Sophie vint faire un tour en soirée. Elle désassembla quelques pièces et montra aux garçons à quel point c'était encrassé. Pour commencer, il faudrait démonter tout le moteur et nettoyer chaque rouage.

– Je vais t'offrir un marché. Je vais le démanti-buler et te montrer comment faire le nettoyage. De cette façon, tu n'auras pas à payer des heures de main-d'œuvre inutilement. Quand t'auras terminé, appelle-moi et je passerai réassembler le tout. Pis là, on pourra voir ce qui ne fonctionne pas.

— Super, merci, Sophie!

*   *
*

Le lundi matin, le mercure frôlait déjà les vingt-cinq degrés. Selon Météo Média, la région du Grand Sudbury allait battre un record de chaleur. Au déjeuner, Éloïse proposa à son fils et à son invité de les conduire au lac Ramsey afin qu'ils passent la journée au bord de l'eau.

— Ben voyons, m'man, qu'est-ce que tu veux que je fasse, avec mes béquilles?

— Tu peux prendre ton fauteuil roulant pour aller jusque sur le quai. Tyler te poussera dans le lac! Je suis persuadée qu'il y a des vestes de sauvetage dans une des boîtes dans la cabane. Si ça n'a pas changé depuis mon époque, il va y avoir là un paquet de jeunes de ton école. Ty, et peut-être Alexis, pourront t'aider à sortir de l'eau.

— C'est vrai que t'as pas mal engraissé, T, mais je suis assez fort pour te soulever et te lancer dans l'eau! ajouta Tyler.

— Non, mais c'est quoi là? Un coup monté ou quelque chose? La thématique du jour, c'est lançons Théo dans l'eau, c'est ça? répliqua-t-il avec humour.

— Avec le facteur humidex, il fera près de quarante. On te rendra service, mon grand!

Éloïse et Tyler n'eurent pas à tordre le bras davantage au blessé. Il passa dans sa chambre mettre son maillot et chercher où il avait rangé son haut-parleur Bluetooth. Une fois qu'il l'eut trouvé, il le fourra dans son sac à dos, y ajouta un magazine, une casquette et d'autres articles essentiels pour une journée au lac. Tyler lui emprunta un maillot Billabong. Pendant qu'ils terminaient de se préparer, Mme Gervais déposa des victuailles dans une glacière. Empreinte de nostalgie, elle se souvenait des longues journées d'été qu'elle avait passées au lac Ramsey. C'est là qu'elle avait appris à nager, fait du ski nautique pour la première fois, embrassé son premier copain... « Je me demande bien ce qu'est devenu Brock ? » pensa-t-elle, rêveuse, en se rappelant ses cheveux longs et son sourire charmeur.

Mme Gervais et ses passagers s'installèrent dans la familiale et bouclèrent leurs ceintures de sécurité. Elle emprunta la route qui menait à la plage du parc Bell. En arrivant au bord de l'eau, ils virent qu'Éloïse avait eu raison. Malgré l'heure matinale pour une journée de congé, la grève était bondée. On avait installé ici et là des chaises et des couvertures. Certains se lançaient des ballons, d'autres jouaient au frisbee. Des courageux sautaient dans l'eau fort rafraîchissante. Au loin, une flottille de canots rouges se disputaient une course sur la vaste étendue d'eau. Mme Gervais leur souhaita une bonne journée. Elle aurait bien aimé demeurer au bord de l'eau, ou encore mieux, explorer les multiples baies du lac Ramsey à bord d'une embarcation tout en sirotant du thé glacé, mais elle devait aller travailler. Le salon funéraire ne pouvait pas fermer, il y avait des visites prévues toute la journée.

Alexis, Sophie et beaucoup d'autres jeunes que Théo avait rencontrés à l'école finirent par se pointer pour profiter de la météo clémente et de la fête du Travail. L'étendue de sable brun grouillait d'activité. Ils s'amusèrent tout au long de la journée. Théo se détendit bien dans l'eau. En flottant grâce à la veste de sauvetage et en se mouvant avec ses bras, il se sentait libre pour la première fois depuis son accident. Ses jambes ne l'encombraient pas.

* *
*

Depuis deux semaines, Théo frottait les pièces du moteur de sa motoneige. Insatisfaite, Sophie l'avait fait recommencer. L'ado en avait marre de désencrasser les soupapes, les tuyaux, bref toutes les composantes du moteur. Chaque jour, après ses cours, s'il n'avait pas de physiothérapie, il se rendait au hangar dans le fond de la cour afin de poursuivre son boulot. Au début, Alexis l'avait aidé, mais il avait dû arrêter tôt, car entre les livraisons de pizza, ses devoirs et ses visites à l'hôpital qui se multipliaient, il n'avait pas autant de temps à consacrer à son ami. Le jeune homme parlait peu de sa santé qui se détériorait.

À la fin du mois de septembre, Sophie avait mis le doigt sur ce qui clochait dans le fonctionnement du bolide. Elle fit la liste des pièces qu'il fallait changer et la remit à Théo.

— Il va falloir que tu ailles dans les cours à ferraille et sur Internet pour les trouver, car il n'y a plus un seul détaillant qui va en avoir dans son inventaire.

— Merci, Sophie, je vais regarder sur Kijiji. Donc, quand j'aurai tous les morceaux, tu vas revenir pour les poser ?

L'Odyssée des neiges

– Oui… mais… si tu veux… tu n'as pas besoin d'attendre les pièces pour m'envoyer un texto.

*　*
*

Alexis se balançait doucement dans sa chaise. Il patientait dans la salle d'attente depuis une vingtaine de minutes. Malgré les lumières fluorescentes, il ne voyait pas les affiches au mur ou le présentoir de dépliants à propos des divers cancers. L'adolescent se sentait seul au monde, en attendant que l'on vienne à sa rencontre pour discuter de son état de santé.

Depuis cinq longues années, les rendez-vous à l'hôpital se succédaient. Auparavant, ses parents l'accompagnaient toujours. Las de les voir souffrir en entendant les diagnostics décourageants, il avait fini par insister pour y aller seul. Tout avait commencé par des saignements de nez fréquents. Une perte d'appétit et des épisodes inquiétants avaient suivi, où il s'était senti étourdi et avait fini par défaillir. Son médecin de famille l'avait recommandé à un confrère, spécialiste en hématologie. Ensuite il avait consulté des oncologues. Le jeune homme avait l'impression de s'éteindre petit à petit, il appréhendait chaque rendez-vous. Ses amis envisageaient des soirées de fête, des voyages exotiques, des victoires sportives… lui envisageait son dernier souffle. Il modula sa respiration pour demeurer calme et retint ses larmes.

– Alexis Bilodeau… Alexis Bilodeau, répéta une voix nasillarde.

Le patient sortit de son état de transe et se leva. La préposée lui fit un sourire d'encouragement

et le mena à la salle 347. L'ado respira profondé-
ment avant de pénétrer dans le bureau. « Face à
l'inconnu, une surprise est bienvenue », pensa-t-il,
pour s'enhardir. Un homme dans la cinquantaine
se leva de sa chaise et vint l'accueillir. Alexis tenta
de lire le visage du médecin. Exercice futile, car les
yeux noisette, derrière les lunettes aux montures
dorées, ne lui dévoilèrent rien.

— Comment te sens-tu ?

— J'ai de moins en moins d'énergie, docteur
Périard.

— C'est normal. D'autre inconfort ?

— Je n'ai pas faim, je suis fatigué…

— Selon les tests, ton taux de globules blancs
est dangereusement élevé.

— Est-ce que… ?

— Oui, ça va aller vite. Histoire de quelques
mois, comme nous en avons discuté au début de
l'été.

Alexis avala difficilement sa salive. Il recevait
une sentence de mort. Sa leucémie aiguë lympho-
blastique gagnait du terrain de jour en jour, malgré
la variété de traitements mis à l'essai au fil des ans.
Au début, la chimiothérapie avait été prometteuse.
Pendant qu'il était en rémission, on avait procédé
à des greffes de cellules souches. Contre toute
attente, le résultat n'était pas celui escompté et
Alexis avait souffert d'une panoplie d'effets secon-
daires, tous plus déplaisants les uns que les autres.

Une fois dans la voiture, il laissa la rage s'empa-
rer de lui. Il cria à s'époumoner et frappa le volant
jusqu'à en avoir les mains endolories.

*　　*
*

　　　　　　　　　　L'Odyssée des neiges

Le congé de l'Action de grâce arriva plus vite que Théo ne l'avait anticipé. Sa mère le conduisit jusqu'à l'aéroport où il s'envola pour Ottawa. Tout au long du vol, il ne put s'empêcher de pianoter sur l'accoudoir. Il était anxieux de passer la fin de semaine chez son père et… sa conjointe qu'il n'avait jamais rencontrée. Le passager assis à ses côtés lui demanda s'il s'agissait de son premier vol, croyant que c'était de se trouver à 10 000 mètres d'altitude qui le stressait. L'ado fit signe que non, sans fournir de précision sur son tracas.

Son père était souriant lorsqu'il l'accueillit au pied de l'escalier roulant, dans la section des arrivées.

– Salut, mon grand, ton vol s'est bien déroulé ?

– Oui p'pa.

– Allez, viens, je vais prendre ton sac. Victor nous attend dans le stationnement pour utilisateurs de cellulaire. Je lui envoie un texto et il file à la porte.

Quelques minutes plus tard, les trois Marchand étaient assis dans l'Audi de Carl. Le benjamin était content de voir son père et son grand frère, même s'il appréhendait la rencontre avec Sandrine. Malgré sa réticence, il découvrit que la nouvelle conjointe de son père était bien gentille, naturelle, son accueil n'était pas forcé. Elle lui demanda de l'appeler par son prénom, ne lui avait pas acheté de cadeau et n'essayait pas d'être sa meilleure amie. L'ado lui attribua donc quelques points de mérite.

En plus de participer à diverses activités avec sa famille, Théo eut la chance de visiter Tyler. Frédéric et Jacob vinrent à sa rencontre pour le saluer et voir si son état de santé s'améliorait. Bons comédiens, ils ne firent pas paraître leur déception en le voyant claudiquer. Une fois seul avec son ami, Ty demanda des nouvelles du ski-doo.

— Honnêtement, je connais rien en mécanique, mais Sophie passe pas mal de temps dans le moteur. Elle me dit que ça avance. J'ai vraiment hâte de l'essayer!

— Il va falloir que tu filmes ça ou qu'on se parle par Skype, je veux te voir aller. Si Sophie travaille tant que ça, tu vas avoir toute une facture, non?

— Euh… non. Disons que j'ai le rabais du copain.

— Tu ne m'as pas dit ça! Sophie pis toi?

— Bah, ça ne fait pas longtemps, mais ouais… on se voit.

— Wow, t'as trouvé la perle rare; une mécano à l'âme charitable, car on s'entend qu'aucune fille sortirait avec toi, dit-il en tentant de demeurer de glace.

— T'es toujours aussi con, Ty! Tu sauras que je peux être toute une prise.

— Oui, oui, c'est ça un gros crapet-soleil!

— Pis toi, t'es rien qu'une loche de fond de lac.

Les amis continuèrent de s'insulter en riant. Ni le temps, ni la distance n'avaient réussi à ternir cette amitié. Là, en face à face, les jeunes hommes s'en donnaient à cœur joie à se raconter des histoires et à s'envoyer promener.

*　　*

*

Sophie eut de bonnes nouvelles pour Théo vers la fin du mois d'octobre. Après avoir longuement travaillé sous le capot de la motoneige dans le hangar de Mme Gervais, elle eut le plaisir de convier

Théo et Alexis à venir constater ses prouesses de mécanicienne. Sophie demanda au propriétaire de tirer sur la poignée du démarreur à rappel. Un coup, un second, puis… au troisième tir, le moteur se mit à ronronner. Des cris de joie fusèrent de toutes parts.

— Évidemment il faut encore quelques petits ajustements, mais tu vas pouvoir te promener dès la première neige, promit la jeune mécanicienne.

Maladroitement à cause de ses béquilles, Théo l'attrapa pas la taille, la tira vers lui et l'embrassa, pendant qu'Alexis feignait d'observer avec attention une grosse toile d'araignée dans le coin de la pièce. Après être revenus à eux, les tourtereaux allèrent partager la bonne nouvelle avec Éloïse. Elle leur offrit une pointe de gâteau pour célébrer leur travail obstiné. Alexis en avala quelques bouchées et, se sentant nauséeux, feignit d'avoir reçu un texto pour s'éclipser aux toilettes.

Quelques jours plus tard, il se sentait tellement faible qu'il n'alla pas à l'école. Une journée passa, puis une seconde. Inquiets, ses parents l'emmenèrent à l'hôpital. Après la consultation, le Dr Périard lui prescrivit d'interrompre ses activités. Il put retourner chez lui à la seule condition de se reposer. Étendu dans son lit, l'ado trouvait le temps long. Après lui avoir donné quelques jours de répit, Sophie et Théo vinrent lui rendre visite à la maison. Ils jasèrent de tout et de rien et surtout pas de maladie. Avant de partir, Théo tendit un dépliant à son ami.

— J'ai reçu ça quand je suis allé payer ma passe de motoneige au club local. C'est vraiment *cool*. Qu'est-ce que t'en penses ?

Alexis lut le titre : « L'Odyssée des neiges ». Il parcourut rapidement le document. Au fur et à mesure qu'il découvrait ce dont il était question, ses yeux s'agrandissaient.

– T'es sérieux ? Tu veux participer à une course de motoneige, dans le nord, où l'on va parcourir presque mille kilomètres !

– Oui, d'après les conditions d'inscription, il faut être en équipe mixte. Sophie sur la mécanique, moi qui conduis et toi qui pousses si on reste pris ! badina-t-il.

– J'embarque ! répondit le malade, crâneur.

À nouveau seul, Alexis dressa une liste des articles qu'il aurait à apporter. Des médicaments prescrits par le Dr Périard aux comprimés pour la nausée, y compris la poudre protéinée afin de le forcer à s'alimenter lorsqu'il n'aura pas faim... L'adolescent imagina les divers cas de faiblesses qui pourraient lui nuire. C'était peut-être faisable. Il retournerait voir son spécialiste et subirait une batterie de tests et de prises de sang s'il le fallait.

CHAPITRE 11

La première neige

Un mardi matin au début du mois de novembre, Théo jeta un coup d'œil par la fenêtre de sa chambre et aperçut une fine couverture de neige au sol. Excité, il ne remarqua pas la pile de vêtements sales qu'il avait laissés traîner par terre. Il trébucha et tomba face la première sur son lit. Il se mordit la langue en tombant.

— Ayoye ! Maudite marde ! cria-t-il.

— Bonjour à toi aussi ! répondit sa mère, d'en bas.

— S'cuse… mais ça fait mal en tabarouette, ajouta-t-il, en crachant un peu de sang.

Théo passa sous la douche, s'habilla et se rendit à la cuisine sans ses béquilles. Il se retenait aux murs et aux meubles qui se trouvaient sur son chemin. Depuis quelques jours, il réussissait à se déplacer sans aide dans la maison, à pas lents, mais calculés. Il n'osait pas s'aventurer sans béquilles à l'extérieur ou à l'école, car les distances à parcourir et le risque de chute étaient bien trop élevés. Cependant, Théo ressentait du soulagement de pouvoir ainsi se mouvoir après plus de six mois de récupération ô combien lents. À son retour du congé de l'Action de grâce, il n'avait d'ailleurs pas retrouvé son fauteuil roulant. Il s'était volatilisé. Sa mère et sa thérapeute avaient sans doute décidé de lui donner un coup de pied additionnel au derrière.

Éloïse écoutait un bulletin de nouvelles à la radio tout en préparant son déjeuner. L'animateur annonça que le mercure monterait jusqu'à huit degrés Celsius en après-midi, avec soixante pour cent de probabilités d'averses en début de soirée.

– Ah, non! Ce n'est pas sérieux! On vient d'avoir de la neige et elle va tout fondre, se plaignit Théo.

– Chéri, t'es mieux de ne pas chialer comme ça en dehors de la maison, sinon tu vas manger une volée! Te plaindre que l'hiver ne commence pas assez tôt, c'est péché dans ce coin-ci. Je te promets que tu auras de la neige à souhait... peut-être jusqu'au mois de mai, ou même plus tard. Patiente un peu, mon grand.

– Oui, m'man. Mais je veux vraiment l'essayer, mon ski-doo!

Elle sourit, heureuse que quelque chose passionne finalement son grand fainéant. Elle tendit un bol vide et un sachet de gruau à son rejeton, qu'il se débrouille tout seul, fini d'être la servante. L'ado se traîna jusqu'à l'évier, ajouta de l'eau aux flocons d'avoine et alla placer le bol dans le micro-ondes. Il mit des raisins secs, du sirop d'érable et des noix de Grenoble concassées dans la soupane fumante. En mangeant, il pensa au plan dont il partageait le secret avec Alexis, Sophie et bien entendu Tyler qui, malgré la distance, était à l'affût de tout. Avant de s'inscrire à la course de motoneige, il faudrait qu'il se pratique et qu'il mette son bolide à l'épreuve.

Après avoir laissé Théo à l'école, sa mère se rendit à un garage non loin du salon funéraire. Les voyants lumineux de sa familiale signalaient depuis quelques semaines qu'il y avait des réparations ou de l'entretien à effectuer. Au bout d'une heure, on lui présenta le diagnostic et l'estimation des coûts. La mâchoire d'Éloïse tomba lorsqu'elle vit le montant faramineux.

— Vous devriez être bonne pour quelques semaines si vous ne conduisez pas trop loin. Plus que ça et vous risquez d'endommager sérieusement le moteur, lui avoua le mécanicien.

— OK, merci. Je ne sais pas trop... c'était toujours mon mari qui s'occupait des voitures...

En sortant, Mme Gervais regarda son véhicule. Elle ne l'avait pas choisi. Ni le modèle ni la couleur... rien. « Ce n'est pas possible ! À mon âge, je n'ai jamais choisi ma voiture. Carl aimait mieux les Allemandes, même si elles sont plus capricieuses et l'entretien plus cher. Je pense que... non, je sais que je suis due pour changer d'auto. Et là, je vais me faire plaisir ! » Elle conduisit jusqu'au Kingsway, où se situait la majorité des concessionnaires automobiles. Elle vit défiler les bannières des marques américaines, coréennes et japonaises. Éloïse gara sa VW devant chez Nissan. D'un pas décidé, elle entra et demanda de s'entretenir avec une vendeuse.

Plus tard, elle dîna avec sa collègue Henriette, dans un petit café. Entre des bouchées de panini, elles bavardèrent de tout et de rien. Les deux comparses, qui se connaissaient depuis peu, s'entendaient très bien.

— Je te le dis, Henriette, je suis vraiment fière de moi. J'ai enfin l'impression de prendre ma vie en main. Avec le salon, ma nouvelle voiture...

— Tout ce qui te manque, c'est de te combler en amour.

— C'est drôle que tu dises ça. Après ma séparation, j'ai pas mal mis une croix là-dessus. J'ai l'impression qu'avec l'achat de mon nouveau véhicule, je prends le contrôle de ma destinée.

— Je suis ravie de t'entendre dire ça ! Alors, quel est ton plan de match ? Les sites de rencontres, les rendez-vous éclairs...

— Pour être bien franche, je ne suis pas rendue là dans ma réflexion. Ne trouves-tu pas que c'est étrange de magasiner pour un copain en ligne ?

Elle fit le signe des guillemets avec ses doigts, en mentionnant le verbe magasiner.

— À vrai dire... oui. Toutefois, je crois que c'est maintenant pratique courante. Ma chère, j'ai peut-être une option pour toi... Mon voisin est veuf. Je pourrais te le présenter.

— Oh... je ne sais pas...

— Éloïse ! Je ne dis pas que tu devrais convoler en justes noces ! Tu pourrais simplement le rencontrer, prendre un café et discuter de la vie. Qui sait, vous auriez peut-être des atomes crochus ? Surtout que c'est un scientifique... et un très bel homme.

En marchant vers le stationnement, Éloïse fit part de sa décision à son amie. La nouvelle célibataire rencontrerait l'énigmatique voisin d'Henriette.

— Fantastique ! Je passerai chez Guillaume dès mon retour à la maison pour tâter le terrain.

— Guillaume ?

— Oui, Paderewski. Tu verras, c'est un homme charmant.

Le lendemain après-midi, Théo fut surpris de voir sa mère venir le chercher à l'école au volant d'une Murano noire. Éloïse ne lui avait pas parlé de son achat.

— Woah, m'man ! T'as changé de char.

— Oui… j'ai décidé que c'était le temps. Avec les réparations qu'il aurait fallu faire à ma Volks, et l'hiver qui s'en vient… Je me suis dit qu'un VUS à traction intégrale serait l'idéal pour se déplacer ici. Est-ce que tu l'aimes ?

— Oui, pas mal plus *cool* que ta *station wagon*, lâcha-t-il.

*　*

*

Pendant la nuit, le mercure chuta et il se remit à neiger. Cette fois, l'accumulation resta au sol plus de vingt-quatre heures. Puis, il neigea à nouveau… et à nouveau. Comme sa mère devait travailler tard, Théo quêta un tour avec Alexis après l'école. Ils en profitèrent pour sortir la « machine » du hangar.

Le futur motoneigiste avait déniché dans des cartons un vieux casque jaune avec une demi-visière. Il se l'enfonça sur la tête, prit place sur le siège du bolide et remit ses béquilles à son ami. Il tira sur la poignée de la corde pour démarrer. Incapable de le faire en position assise, il se leva, s'appuya solidement avec sa main gauche sur le gui-don et tira de sa main droite. Un coup, rien. Deux coups, rien non plus. Au troisième, la pétarade du moteur rompit le silence campagnard. Le sourire fendu jusqu'aux oreilles, l'ado s'assit et appuya très fort sur le gaz. Le bolide fonça vers l'avant tandis que le corps de Théo était propulsé vers l'arrière. Heureusement, il réussit à se retenir et évita une fâcheuse chute. Reprenant le contrôle du ski-doo, il réduisit la pression sur la manette du gaz. Il se promena sur le terrain, de la maison au hangar. Puis, il fit quelques virages entre des arbres. Ayant immobilisé la motoneige tout près de son ami, il l'invita à embarquer. Alexis agrippa la taille de Théo, car l'appareil n'avait pas de sangle de retenue du passager, comme sur les modèles plus récents.

Au bout de quelques minutes, les garçons rangèrent le véhicule dans le hangar. Frigorifiés, ils entrèrent dans la maison pour se réchauffer.

— C'était pas mal *cool*! s'exclama Théo.

— Mets-en... mais la prochaine fois faudra se trouver du linge plus chaud. Je suis gelé, comme la sculpture de glace qu'il y avait aux noces de ma cousine!

— T'as raison, ton visage est tout blanc. On devrait regarder en ligne si on peut trouver quelqu'un qui a des casques avec une visière complète à vendre.

Éloïse qui venait d'entrer, un sac de restaurant libanais dans les mains, huma l'air.

— Si on vous trouve des habits de motoneige, vous serez au chaud et en les laissant dans le vestibule, ça vous empêchera d'empester le gaz partout dans la maison.

La mère invita Alexis à se joindre à eux pour le souper. Il accepta, quoiqu'il ne fît que picorer dans son assiette. Pendant qu'ils mangeaient, elle suggéra à son fils de donner un coup de fil à sa grand-mère pour lui raconter ce qu'il avait fait pour la première fois. En soirée, Théo appela non seulement sa grand-mère Lucette Gervais, mais aussi Tyler et Sophie. Cette dernière était bien fière que ses prouesses de mécanicienne aient porté des fruits et que son copain profite de son premier hiver dans le Nouvel-Ontario. Théo avait hâte de pouvoir partir pour de plus longues randonnées. Toutefois, Lucette l'avait prévenu d'éviter les lacs jusqu'à ce que le club local mesure l'épaisseur de la glace et certifie que c'était sécuritaire de s'y promener.

Théo s'endormit ce soir-là en rêvant à l'Odyssée des neiges, à laquelle il souhaitait participer à tout prix. Avant de se coucher, Alexis envoya un texto à son patron annulant son quart de travail du lendemain. Il se sentait tellement épuisé qu'il ne pourrait pas effectuer les livraisons de pizza. Il se sentait faible. Chaque journée semblait pire que la précédente. À l'école, il réussissait assez bien à camoufler les symptômes de la leucémie qui le minait. Car, de la pitié, le jeune Bilodeau n'en voulait pas. En se couchant, il se promit de prendre rendez-vous avec le Dr Périard dès que possible.

CHAPITRE 12

Une alliée de taille

– Grouille, Théo, on va être en retard.

– Encore cinq minutes… c'est dimanche !

– Ça fait déjà douze heures que tu es couché, Joseph Ghislain Théo Gervais-Marchand. Debout !

En entendant son nom en entier et le ton autoritaire de sa mère, Théo sut qu'il devait obéir sinon il risquait de perdre des privilèges qui lui tenaient à cœur. L'image de sa motoneige adorée lui apparut immédiatement. Prestement, il se leva, s'appuyant le moins possible contre le mur pour se rendre à la salle de bain, où il fracassa son record de douche express. L'ado savait ce qui stressait autant sa mère. Depuis un mois, elle sortait avec un homme, le premier depuis sa séparation. Il voulait rencontrer Théo et leur présenter son propre fils. Alors, il avait proposé un brunch du dimanche. Mme Gervais y tenait, car elle aimait bien Guillaume Paderewski. L'homme en question faisait partie de l'équipe de Science Nord, le célèbre musée scientifique de Sudbury.

Une demi-heure plus tard, les quatre se trouvaient attablés au Bistro gastronomique La gourmande, en train de siroter un jus d'orange, agrémenté d'un trait de mousseux pour les adultes. Afin de rompre la glace, M. Paderewski demanda à Théo s'il avait visité son musée.

— Oui, quand j'étais petit, mes grands-parents nous ont emmenés, Victor et moi. C'était pas mal intéressant.

— Tu devrais revenir, nous avons de nouvelles expositions interactives vraiment impressionnantes.

— Ouin… peut-être.

Guillaume leur raconta qu'il avait travaillé dans un laboratoire pendant quinze ans. Puis, en quête de contacts humains, il avait postulé pour son emploi actuel, où il avait le loisir de rendre les sciences vivantes pour les jeunes et les moins jeunes. Il n'échangerait pas son boulot pour tout le nickel au monde !

Affamés, les jeunes laissèrent les adultes jaser et se dirigèrent vers le buffet. Daniel Paderewski, un étudiant en première année à l'Université Laurentienne, remarqua que le fils de la blonde de son père marchait terriblement lentement.

— Es-tu correct ?

— Oui, oui… je me remets d'une grave commotion. Je peux marcher sans mes béquilles, mais pas vite.

N'étant pas trop heureux de cette rencontre forcée, les jeunes hommes se concentrèrent sur leurs assiettes qu'ils remplirent à trois reprises. Entre les bouchées, Daniel jetait des regards furtifs au téléphone qu'il tentait, en vain, de dissimuler sous la table. La conversation stagnait, quand Éloïse lança le sujet de la motoneige. Alors, elle capta l'attention de tous.

– L'an passé, on est partis pendant une semaine. On a mis les machines dans la remorque puis on s'est rendus jusqu'à Rouyn-Noranda. De là, on a fait une boucle en passant par Val-d'Or, Senneterre, Amos et La Sarre, raconta Guillaume.

– C'était *cool* de se promener au Québec pour faire changement, surtout que la limite de vitesse est plus élevée dans les *trails*, ajouta son fils.

– Les sentiers, Daniel.

– Oui, oui. Vous avez compris, répliqua le jeune homme, sans cacher son exaspération d'être ainsi corrigé.

Les yeux des trois mâles s'illuminaient en discutant de divers périples. Théo jugea le moment opportun pour parler de son projet.

– J'ai su qu'il y a une grosse compétition cet hiver, l'Odyssée des neiges. J'ai l'intention de m'y inscrire avec ma blonde et mon ami Alexis…

– On s'en reparlera, Théo, répondit Éloïse, froidement.

Déçu, l'adolescent se retint de répliquer, sachant fort bien qu'il réduirait la probabilité d'obtenir une réponse favorable en s'obstinant au restaurant, devant le nouveau copain de sa mère. Guillaume changea habilement de sujet, ayant ressenti le malaise qui planait. L'homme raconta un drôle d'incident qui s'était déroulé au travail la semaine précédente.

Après le brunch, Théo passa une partie de l'après-midi au cinéma avec Sophie. Cette dernière était friande de films d'action. Le jeune homme ne s'en plaignait pas, elle voulait voir à tout prix le nouveau film de Michael Bay, son cinéaste hollywoodien préféré. En attendant la présentation, ils discutèrent de leur avant-midi. La jeune femme avait accompagné Mme Maggie à une séance de physiothérapie, chez une dame qui récupérait d'un remplacement de la hanche.

— En passant, Maggie trouve qu'elle ne t'a pas vue depuis un bon bout de temps. Je lui ai dit que tu marchais sans tes béquilles. Elle craint que tu te contentes de ça et que tu n'essaies pas de renforcer tes jambes davantage.

— Ouep, c'est vrai que j'ai ralenti ma physio…

— Tu devrais prendre d'autres rendez-vous. Tu sais, marcher dans plusieurs pieds de neige ce n'est pas comme se traîner les pieds au New Sudbury Centre. Je pourrais t'aider à stimuler tes muscles, ajouta-t-elle, en lui flattant la cuisse gauche…

Tout sourire, Théo se concentra peu sur les explosions, les poursuites improbables dans les rues bondées de Los Angeles et les cascades spectaculaires du film. L'action que lui proposait sa copine pour sa séance de physiothérapie le stimulait bien plus.

* *
*

Pendant la relâche de Noël, Lucette Gervais arriva à son ancienne demeure au volant de sa Subaru. Elle ne se pointait pas les mains vides. Outre sa valise et des galettes, elle était accompagnée de Victor, venu visiter sa famille pour la première fois depuis le déménagement, et de Tyler, qui n'avait pas vu son grand ami depuis l'Action de grâce. En un rien de temps, on balança les sacs dans les chambres, on servit un petit verre, même aux mineurs. Après tout, c'était fête et personne ne conduirait pour le restant de la soirée. Les jeunes s'éclipsèrent au hangar, où ils admirèrent la vieille motoneige que Théo astiquait presque chaque jour.

— Je ne me suis pas aventuré bien loin encore. Maintenant que je suis en vacances, j'aurai plus de temps. Je vous emmènerai faire un tour. Mom a trouvé deux casques et des habits pas trop chers sur Internet. Je vous passerai ça.

— Comment vite elle va ? demanda Victor.

— Je ne l'ai pas ouverte encore. Sur les sentiers, la limite est seulement de cinquante kilomètres heures, c'est sur les lacs qu'on peut vraiment la tester. Jusqu'à la fin de semaine passée, ils n'étaient pas gelés assez épais. Là on vient d'avoir cinq jours de suite dans les moins vingt. Ça devrait être bon. On regardera sur le site du club.

Le lendemain matin, un klaxon les réveilla. Par la fenêtre de la chambre de Théo, ils virent une camionnette tirant une remorque. Lucette était déjà dehors en train de discuter avec le chauffeur. En un rien de temps, celui-ci descendit de son véhicule, passa à l'arrière ouvrir les portes de sa remorque et tira sur une rampe. Au premier ronronnement, les trois lurons se précipitèrent dans l'entrée, saisirent manteaux et bottes et sortirent en pyjama. Dans sa hâte, Théo perdit l'équilibre et atterrit le visage dans la neige, manquant de justesse un poteau de la galerie. L'excitation surpassa l'apitoiement sur son sort et il claudiqua jusqu'à la remorque, d'où l'on venait de sortir trois ski-doos noirs et blancs. Lucette les accueillit en faisant semblant de ne pas avoir remarqué leur affolement.

— Bonjour ! J'espère que ma petite livraison ne vous a pas réveillés.

— Grand-maman… est-ce que… ? entama Victor.

– Ne paniquez pas, je les ai loués. On les a
pour la semaine. Je me suis dit qu'on pourrait aller
se promener ensemble. Je vous montrerai mes sentiers préférés.

– Ça va être plus plaisant que d'attendre notre
tour pour embarquer derrière Théo, ajouta Tyler.

Éloïse passa la tête dans la porte ouverte de la
maison et poussa un cri.

– Bon, les gars. Dites merci à m'man, puis
entrez déjeuner. Vous allez attraper votre coup de
mort, dehors en pyjamas comme ça.

C'est à cet instant que les adolescents réali-
sèrent qu'ils grelottaient. Des mercis fusèrent de
partout, puis tout le monde se retrouva autour de
la table où des œufs et du bacon les attendaient.
Entre ses gorgées de café, Lucette déplia une carte
des sentiers, qu'elle alla afficher sur le réfrigérateur
avec des aimants. La motoneigiste d'expérience
traça le parcours avec son doigt sur la carte.

– Si vous n'êtes pas trop occupés aujourd'hui,
voici ce que je vous propose. Voyez, on est là. On
va monter vers le nord, puis on ira faire le tour
du lac Wanapitei. Je fournis les machines, je paie
l'essence et le dîner, mais j'ai quelques règlements
non négociables. Numéro un : pas de vitesse exces-
sive. Numéro deux : on se suit ; quand on arrive à
une fourche, on s'attend. Comme ça, on évite de se
perdre. Numéro trois : on s'amuse !

Les jeunes hommes avalèrent le reste du
repas en un temps record. Puis, ils allèrent enfiler des vêtements chauds et les combinaisons de
motoneige.

Même si Lucette n'était pas passée derrière le
guidon depuis de nombreuses années, elle n'avait
pas perdu un iota de réflexes ou d'aise. « Je n'avais

pas réalisé à quel point ça me manquait, se dit-elle en accélérant. L'odeur de l'essence, le ronronnement du moteur, les sentiers balisés, les conifères alourdis par la neige... c'est le paradis ! » À peine étaient-ils rendus à Skead que Victor, qui allait trop vite, manqua une courbe et se retrouva dans le décor. Heureusement, il n'était pas blessé, mais son bolide s'était enlisé.

– Bon, leçon numéro un : ralentir dans les courbes et leçon numéro deux : se déprendre quand notre machine est engloutie par la poudreuse.

Victor était bien heureux que sa grand-mère prenne l'incident avec un grain de sel. Avec l'aide de Tyler, ils creusèrent une tranchée tout autour du ski-doo. La tâche n'était pas évidente, car sans pelles, ils n'avaient que les mains et les pieds comme outils. Quand Victor démarra sa machine, il resta debout à côté afin d'éviter de surcharger le véhicule et le mit de reculons. Malheureusement, dans la neige trop molle, il s'enlisa davantage. Grand-maman Gervais sortit une corde de son havresac. Elle donna la consigne de l'attacher au pare-chocs arrière de sa motoneige et à l'arrière de celle de Victor. Puis, elle ordonna aux deux jeunes hommes de pousser pendant qu'elle tirerait. En deux minutes, l'opération était terminée et le quatuor put reprendre le sentier.

Le reste de la virée autour du lac Wanapitei, cet énorme cratère de météore, se déroula sans anicroche. Les jeunes furent surpris de voir autant de motoneigistes reconnaître Mme Gervais et la saluer lorsqu'ils s'arrêtaient prendre un chocolat chaud ou faire le plein. Pendant leur dernière pause, Théo en profita pour parler à Lucette de l'Odyssée des neiges. Elle lui promit de l'aider à convaincre Éloïse de le laisser y participer.

Les jours suivants, le groupe s'élargit. Sophie, Alexis, Guillaume, Daniel et Éloïse se joignirent à eux pour des randonnées dans une multitude de villages du district 12. La bande parcourut des kilomètres de pistes bordées de conifères, dont les cimes semblaient vouloir toucher les nuages. Des ponts de bois permettaient de franchir des ruisseaux où l'eau, parfois vive, n'avait pas gelé. En voyant les étincelles dans les yeux de ses fils, Éloïse ne regretta plus son choix de vie.

Quant à Tyler, il se sentait revivre. Depuis le départ de son meilleur ami, il avait souffert de dépression. Ça, il l'avait caché à tous... ou presque. Parce qu'il était habitué à tout partager avec Théo, l'éloignement l'avait laissé démuni. Depuis l'automne, il avait réalisé à quel point il avait des connaissances, mais pas d'amis. La proposition de grand-mère Gervais lui avait fait plaisir. Toutefois, il craignait de sombrer à nouveau dans son marasme une fois revenu à Ottawa.

CHAPITRE 13

La ligne de départ

L'Odyssée des neiges débuterait dans quelques heures. Organisé par divers clubs locaux des districts 11, 12 et 14, l'événement avait pour but de promouvoir le sport de la motoneige et d'encourager le tourisme hivernal dans la région. Théo n'en revenait toujours pas que sa grand-mère ait non seulement réussi à convaincre Éloïse, mais aussi les parents de Sophie et d'Alexis, de les laisser y participer. Trois éléments jouaient contre le trio. Premièrement, l'état de santé des garçons, deuxièmement, la distance à parcourir (près de mille kilomètres) et troisièmement, le fait qu'ils rateraient une semaine d'école. Tous trois avaient promis de rattraper ce qu'ils manqueraient. L'argument qui rallia tous les adultes fut cependant l'ajout d'un quatrième équipier : Lucette elle-même !

Cette dernière était revenue à Sudbury quelques jours avant, pour avoir le temps, avec ses jeunes coéquipiers, d'étudier la carte du circuit. Le trajet les mènerait de Sudbury à Timmins, à Kirkland Lake, à New Liskeard et ils reviendraient au bercail. Ils passeraient dans une multitude de villages et de petites villes. Les organisateurs avaient lancé un défi additionnel, pour éviter que des habitués désireux de gagner à tout prix empruntent des raccourcis ou agissent sans esprit sportif. Pour être victorieuse de l'Odyssée des neiges, chaque équipe devait se prendre en photo à des endroits précis. La liste remise aux inscrits était disponible sur le site Internet de l'événement. Des affiches, des devantures de restaurant ou des sculptures connues devaient se trouver sur le cliché. Les équipes devaient afficher les photos dans les médias sociaux en employant le mot-clic #Odysseedesneiges.

Deux heures dix-sept. Théo se tortillait dans ses draps et tentait en vain de trouver une position confortable. Non seulement était-il anxieux, mais ses jambes lui faisaient mal. Depuis plusieurs semaines, il avait redoublé d'efforts en physiothérapie avec Sophie et Mme Maggie. Peut-être s'était-il trop forcé, ses muscles et ses nerfs le lui faisaient savoir. Nerveux, il s'assit dans son lit et se massa des cuisses aux mollets. Il se demanda s'il allait vomir. Son ventre le faisait souffrir. Il pensa à sa routine avant ses pratiques et ses joutes de hockey. Devrait-il faire pareil pour la motoneige? L'ado hésita un peu, farfouilla sur sa table de chevet et mit la main sur son téléphone cellulaire qui se rechargeait. Il tapota l'écran, illuminant ainsi la pièce. Il parcourut la liste de ses contacts. En voyant PAPA, il ne put s'empêcher de l'appeler.

— Théo? Es-tu correct? Qu'est-ce qui se passe? répondit une voix à la fois endormie et inquiète.

— Oui, oui... ça va.

– Menteur. Il est presque trois heures du matin. Je doute que tu me téléphones juste pour dire allô.

– Je n'arrive pas à dormir... demain c'est...

– L'Odyssée des neiges, ton défi d'équipe.

– Ouep.

– Mon grand, c'est comme au hockey. Il faut que tu respires.

– Je le sais... mais... qu'est-ce qui va arriver si on se perd ? Si je tombe et je n'arrive plus à marcher ? Si on a un accident ? Si on a une panne d'essence ? Si...

– Prends une grande inspiration avec moi. Je suis sérieux. Je veux t'entendre.

Théo inspira, imitant le bruit de succion d'un aspirateur ; quant à son expiration, elle aurait pu propulser une fusée !

– OK, cette fois tu vas expirer en comptant lentement jusqu'à dix.

L'adolescent se concentra pour garder l'air dans ses poumons et l'évacuer doucement. Au fil des dix secondes, il se vida d'oxygène en émettant un léger bruissement.

– Parfait. Là on recommence les respirations neuf fois.

Après ces exercices, Théo se sentit plus calme. Carl lui proposa d'effectuer une seconde fois la série. Enfin zen, l'ado remercia son père, termina l'appel et réussit à s'assoupir.

À neuf heures tapantes, soixante participants et autant de spectateurs étaient rassemblés dans le stationnement du lac Ramsey. Le comité organisateur et quelques bénévoles vérifiaient les inscriptions, remettaient des dossards aux participants et servaient du café et du chocolat chaud à tous ceux et celles qui bravaient le mercure de vingt-cinq sous zéro. L'animateur d'une chaîne de radio locale diffusait de la musique rythmée et lançait dans la foule des t-shirts à l'effigie de la station. Bernie Hawk, le porte-parole de l'événement, fit taire la musique et empoigna un micro.

– *Good morning, everyone!* Bonjour, tout le monde !

Des « *good morning* » et des « bonjour Bernie » fusèrent de partout. L'homme était bien connu dans la région, car il consacrait bénévolement nombre d'heures à toutes sortes d'activités communautaires. M. Hawk reprit la parole, alternant sans cesse entre l'anglais et le français.

– Vous me voyez heureux d'être parmi vous en ce matin bien spécial. C'est l'édition inaugurale de l'Odyssée des neiges. Je suis super content de voir que nous avons soixante participants qui forment vingt-deux équipes, de deux à cinq membres. Notre coureur le plus jeune a six ans et la plus vi… euh, la plus expérimentée en a quatre-vingt-un !

Un tonnerre d'applaudissements se fit entendre. Bernie rappela rapidement le trajet ainsi que le règlement concernant les photos. Puis, il annonça qu'une petite délégation du comité organisateur effectuerait le parcours en motoneige pour prêter main-forte, si nécessaire. Deux camionnettes avec des remorques feraient le trajet par la route et se trouveraient aux gîtes sélectionnés pour les concurrents, avec des outils et des pièces, advenant que des réparations soient requises. Bernie se fit un devoir de remercier les généreux commanditaires.

– Pour ceux et celles qui souhaitent suivre les péripéties de la course, sachez qu'il y aura beaucoup d'action dans les médias sociaux et que des journalistes de Radio-Canada seront présents à diverses étapes de la compétition, pour interviewer les participants.

Éloïse enlaça les membres de son équipe préférée et leur demanda d'être prudents. Théo consulta son cellulaire, ayant reçu de nombreux textos de Tyler, de Victor et de son père. Puis, il se rendit à son bolide. Alexis, qui n'avait pas de machine, embarqua avec son ami. En prenant la taille de Théo, il sentit son tremblement nerveux et ses grandes inspirations. Alexis hésita à dire quoi que ce soit. Lui-même gardait son état de santé confidentiel et comprenait l'espèce de pudeur de son compagnon. Une fois de plus, Lucette avait loué une motoneige. Sophie avait la sienne, un modèle moins vieux que celui de son copain, mais en parfait état grâce à sa patience et à ses prouesses de mécanicienne.

Sur le sol, on avait tracé une large ligne bleue. Les coureurs, placés en rang au sein de leurs équipes, attendaient le signal avec impatience. Certains bénévoles invitaient les spectateurs à s'éloigner des machines, car la compétition allait débuter.

– Participants, préparez-vous à démarrer. L'Odyssée des neiges commence maintenant! hurla Bernie, en appuyant sur la gâchette du pistolet de départ.

Au son du BANG, une cacophonie de moteurs lancés en trombe effraya des oiseaux, qui s'envolèrent sur le coup. Les spectateurs purent encore entendre le vrombissement des motoneiges une quinzaine de minutes après le départ.

En sortant du stationnement, le peloton emprunta le sentier D111 en direction nord. Ce tronçon était court, permettant simplement de se rendre au sentier D, une artère principale. À partir de là, ils parcoururent environ cinq kilomètres avant d'emprunter la C115D à gauche de l'intersection. Les motoneigistes dont les machines avaient des cylindrés frôlant les 1 000 cc éclipsèrent les bolides de randonnées et les *minounes*. Le sentier avait été fraîchement aplati pendant la nuit et peu de gens y étaient passés depuis. Les conditions s'avéraient excellentes.

Quelques chauffeurs téméraires tentèrent d'effectuer des dépassements dans des courbes. L'un d'entre eux, au guidon d'une rutilante Arctic Cat vert fluo, n'avait pas anticipé qu'un chevreuil traverserait le sentier devant lui. Alors, tentant de l'éviter, il alla percuter un arbre de plein fouet. Ses coéquipiers immobilisèrent leurs motoneiges en bordure du sentier et s'empressèrent de lui porter secours. De nombreux autres participants, à l'arrière du peloton, s'arrêtèrent eux aussi pour aider. Heureusement, le motoneigiste avait eu le réflexe de sauter avant que son véhicule ne heurte l'arbre. Le gaillard pleurait à chaude larmes. Il avait investi toutes ses économies dans son jouet de luxe, et venait de le démolir après un peu plus de vingt kilomètres. Son équipe voulut abandonner, mais l'accidenté leur rappela que toute l'équipe devait compléter le circuit. Le règlement du concours ne mentionnait pas leurs embarcations. Il fit un appel afin qu'on vienne chercher l'épave de son Arctic Cat, puis il détacha les courroies élastiques qui retenaient son havresac dans le support à bagage et devint le passager d'un de ses coéquipiers. Il maudit le cervidé au lieu de sa propre témérité.

Un peu plus tard, l'équipe de Théo, qui traînait derrière, arriva sur les lieux de la collision.

La vue du capot défoncé leur donna le frisson. Ne voyant pas de blessés, ils poursuivirent leur route. À la tête de son équipe, Lucette fit signe d'arrêter en arrivant au lac Garson. Au loin, une vingtaine de motoneigistes roulaient côte à côte. Profitant du lac plus large que les sentiers en forêt, ils tentèrent des dépassements. Certains ne virent pas des amoncellements de neige et firent des sauts inattendus. C'était tout un spectacle !

— Wow, ils vont tous tellement vite. On n'aura aucune chance, dit un Théo défaitiste.

— Aie ! C'est trop de bonne heure pour se décourager. Je te parie que la plupart d'entre eux vont faire de longues pauses pour dîner et vont tous arrêter faire le plein d'essence en même temps. Ils devront attendre très longtemps, car il n'y aura qu'une pompe au prochain poste d'essence. Nous, on pourra les rejoindre après coup, sans être pris dans cette folie furieuse-là, réagit grand-mère Gervais.

— Théo, prends ça de même. On a une semaine de plus de vacances, même si on ne gagne pas. Je gage que tout le monde dans nos classes est super jaloux, ajouta Alexis.

— Bon, on continue ? demanda Sophie. Je suis encore bonne pour un bout.

En un rien de temps, l'équipe se lança à nouveau en direction nord. Il lui restait plus de cent kilomètres à parcourir avant le premier arrêt photo : celui de Shining Tree. Les trois chauffeurs alternèrent en tête du groupe. Cette partie était assez simple, ils suivaient la C115D jusqu'à l'embranchement du sentier principal C. Tous les participants avaient été avertis qu'il n'y aurait pas de ravitaillement en carburant entre la jonction

   L'Odyssée des neiges

de la C et de la C206D, et ce, jusqu'à Shining Tree, bien plus au nord.

Alexis avait eu raison. Leurs amis à l'école consultaient leurs téléphones cellulaires en cachette, pour voir qui seraient les premiers à afficher des photos avec le mot-clic #Odysseedesneiges. Ils avaient bien hâte de voir où se situaient leurs camarades dans le classement. Certains enseignants, au courant de l'engouement qui gagnait leurs élèves, en profitèrent pour modifier leur plan de cours et y intégrer des projets touchant la géographie locale, le champ lexical de la motoneige, des éditoriaux pour et contre ce sport et tout ce qui pouvait porter matière à débat ou à recherche.

De leur côté, bon nombre des participants de l'Odyssée des neiges s'apprêtaient à quitter le district 12.

CHAPITRE 14

Incursion dans le district 14

Des rangées de conifères bordaient le sentier. Ces arbres enneigés s'étalaient à perte de vue. La monotonie du paysage fut rompue par des êtres en chair et en os. L'équipe Gervais-Marchand-Bilodeau-Quesnel croisa des compétiteurs arrêtés pour se soulager. Lucette pensa aux nombreux motoneigistes qui faisaient l'erreur de boire des quantités démesurées de café et devaient se vider la vessie ou l'intestin derrière les arbres. « Aller aux toilettes dans la neige quand il fait aussi froid, ce n'est jamais plaisant », se dit-elle en les doublant.

Théo retrouva le sourire en voyant qu'ils n'étaient plus les derniers. Sa grand-mère avait peut-être raison. Ils finiraient par en dépasser plusieurs, même s'ils ne filaient pas à la même allure. La patience et la constance pouvaient prévaloir. Seul hic, de la patience, il en avait peu ! Le quatuor dévora encore quelques kilomètres avant de faire une halte pour se dégourdir les jambes. Théo en était bien heureux. Après qu'Alexis fut débarqué du bolide, il se leva à son tour et descendit. Il traversa lentement la courte distance pour rejoindre

Sophie. Ses lourdes bottes de motoneige étaient passablement encombrantes.

– Ça va ?

– J'ai un peu froid, admit-elle, mais à part ça, pas de problème.

– Viens, je vais te réchauffer, offrit-il.

L'ado frotta vigoureusement les bras de sa copine.

– Est-ce que c'est mieux comme ça ?

– Oui, merci. Ça devrait aller jusqu'à notre prochain arrêt. Ce matin, à la télé, ils disaient que ça se réchaufferait jusqu'à moins quinze. On devrait être bien cet après-midi, reprit-elle en regardant le soleil.

– Bon, les amoureux, on y va ? lança Lucette.

Les deux jeunes ne se firent pas prier. Sophie enfourcha son ski-doo. Théo tenta de presser le pas en retournant au sien. Ses jambes n'étant pas assez solides, il tituba hors du sentier et alla choir dans l'abondante neige folle. Il eut besoin d'un coup de main pour s'en sortir.

– Merci, Alexis.

– Il n'y a pas de quoi.

– Si j'avais eu un dollar à chaque fois que je suis tombé ou que je me suis pété la face depuis mon accident, je serais en mesure de m'acheter une nouvelle motoneige. Payée comptant !

– Il va falloir que l'on te trouve un commanditaire ! blagua l'autre.

De retour à sa motoneige démodée, Théo offrit à son ami de prendre les commandes pour le restant du trajet jusqu'à Shining Tree. Alexis passa devant sans hésiter. Rapidement, les trois chauffeurs lancèrent les moteurs. Théo n'apprécia pas vraiment d'être le passager. Non seulement il ne voyait rien devant à moins de pencher la tête sur le côté, mais il ne savait pas quand il y aurait des bosses ou des courbes. Elles le surprenaient et il se faisait brasser à chaque coup. « J'aurais dû embarquer avec Sophie. Au moins j'aurais pu me coller contre elle au lieu d'Alexis », se dit-il.

Lucette pointa de la main gauche vers un panneau annonçant que Shining Tree se trouvait à dix kilomètres. Ils y seraient rapidement. La vieille dame commençait à avoir faim. La pause obligée arriverait à point. Après quelques courbes, ils virent le relais, composé d'une multitude de petits chalets et d'un petit magasin général recouvert de planches de bardeau blanc, qui faisait aussi office de bureau de poste, de restaurant... Heureusement, il n'y avait pas foule. Au bout de quelques minutes, les trois réservoirs d'essence étaient pleins jusqu'au bouchon et les quatre comparses se trouvaient attablés, sirotant du thé presque bouillant et engloutissant des sandwichs chauds au poulet. Lucette profita de la pause pour envoyer un message aux parents des trois jeunes dont elle avait la charge. En terminant sa dernière gorgée de thé, elle jeta un coup d'œil à Alexis. Elle le trouva plutôt blême. Préférant ne pas faire de scène devant ses amis, elle le prit à part un instant en se rendant au vestiaire.

— Est-ce que ça va, Alexis ?

— Oui... oui, madame.

— Si jamais tu ne te sens pas bien, n'hésite pas à le dire. On fera des pauses d'extra, on mangera une collation de plus... n'importe quoi.

— Merci, madame Gervais. J'suis un peu fatigué. Je vais laisser Théo conduire le prochain bout. Ça va passer.

  L'Odyssée des neiges

Lucette se promit d'être plus attentive au jeune Bilodeau. Ses parents l'avaient avertie que sa leucémie risquait de le priver d'énergie. Il ne fallait surtout pas qu'il leur tombe dans les bras en pleine forêt. Au moment où elle allait démarrer sa motoneige, Sophie lui fit signe d'arrêter. L'ado venait de se rendre compte qu'ils avaient oublié de prendre leur photo pour le concours.

— Que faut-il photographier ? La bâtisse, la pancarte ?

— Non, nous devons être avec… le pompiste !

Les quatre se rendirent à la station d'essence et prirent un égoportrait. Le pompiste en question, un homme grand et gros comme un grizzli et presque aussi poilu, grogna tout au long du processus. « Mon *boss* m'a joué un méchant coup sale en disant aux gens de l'Odyssée des neiges de prendre une photo avec moi. Je vais le repogner, le salaud », pensa-t-il, une lueur espiègle dans les yeux.

. Pour la seconde fois, le groupe s'apprêta à partir du même endroit, soulagé que Sophie ait pensé à la photo. Ils avaient parcouru cent cinquante kilomètres depuis leur départ de Sudbury, et il leur en restait environ cent quatre-vingt-dix avant d'être à nouveau en ville, à Timmins.

— Prochain arrêt, Mattagami, à cinquante-cinq kilomètres ! lança Théo, avant d'enfoncer l'accélérateur.

Ils filèrent à nouveau sur la C, Sophie à l'avant. Lorsqu'ils rencontrèrent des motoneigistes allant en sens contraire, elle leva le bras gauche, plia le coude, pointa le pouce vers l'arrière et fit un mouvement de va-et-vient par-dessus son épaule pour signaler qu'il y avait d'autres bolides derrière. Lucette, en queue de file, leva l'avant-bras gauche et forma un poing avec la main pour indiquer qu'elle était la dernière. Ces signaux assuraient la sécurité des randonneurs. Ainsi, personne n'effectuerait une manœuvre de dépassement en sachant qu'il y aurait de la circulation en sens opposé. Une collision de plein fouet en motoneige serait mortelle.

Sophie chantonnait le refrain d'un succès qui jouait constamment à la radio. Quoique assez sociable, la jeune femme aimait bien la solitude que lui procurait la balade. Son casque lui donnait l'impression d'avoir la tête dans une bulle. La cloison de plastique et de rembourrage la protégeait du vent, du froid et atténuait le bruit du moteur. Elle s'apprêtait à fredonner un autre air, lorsqu'elle aperçut un orignal mâchouillant une branche, en plein milieu du sentier. Elle freina brusquement, en oubliant de signaler avec la main droite. Théo la suivait d'un peu trop près et donna un coup de guidon. Il l'évita et immobilisa sa motoneige à ses côtés. Rapidement, il enleva sa mitaine, fouilla dans sa poche de manteau et en extirpa son téléphone intelligent pour immortaliser ce roi de la forêt qui se dressait devant eux, immuable malgré la quasi-collision. Deux minutes filèrent avant que le cervidé ne daigne poursuivre son chemin dans les bois.

— Wow! Il était énorme. Je n'en ai jamais vu avec un si gros panache, dit Alexis. Mon père en a abattu plusieurs à la chasse, mais jamais un géant comme celui-là. Peux-tu m'envoyer la photo, je vais la lui montrer.

— Absolument. Je vais mettre ça en ligne. Tyler et Victor n'en reviendront pas!

— Une chance que t'as eu de bons réflexes, ma grande, déclara Lucette.

– Ouf, je dois dire que je ne me sentais pas grosse dans mes culottes. Tout d'un coup, il était là. C'est la première fois que j'en vois un de près comme ça. J'espère que les autres seront en bordure du chemin au lieu d'en plein milieu.

De retour sur le sentier, ils virent bientôt des panneaux annonçant qu'ils approchaient de Mattagami. Ils s'y arrêteraient pour faire le plein d'essence une fois de plus et pour se réchauffer. Sur place, ils découvrirent qu'ils n'étaient pas les seuls participants de l'Odyssée des neiges à ce relais. À la pompe se tenait un groupe, qu'ils identifièrent comme des concurrents grâce aux dossards officiels de la compétition qu'ils portaient par-dessus leurs manteaux. D'autres, à l'écart, grillaient des cigarettes et parlaient fort. Une femme, la fille d'une ancienne voisine, salua Lucette de la main et vint causer avec elle.

– Pis, Lucette, comment est-ce que ça se déroule avec les jeunes ?

– Pas mal bien, Claudine. On a eu une petite frousse il y a quelques kilomètres. Un gros orignal relaxait en plein milieu de la C. Heureusement, on a pu s'arrêter avant.

– Oh, wow ! Ç'aurait pu être grave.

– Vous autres ?

– Bah… tu connais mon Gerry. Orgueilleux comme tout. Il voulait qu'on gagne du temps et qu'on laisse tomber l'arrêt à Shining Tree. Y disait qu'on avait assez de gaz, surtout avec le petit cinq gallons qu'il avait dans le support à bagages. Mais il avait oublié l'histoire des photos, donc on a viré de bord. Pour rattraper le temps perdu, Gerry a roulé pas mal vite et il s'est fait une méchante engelure entre les deux yeux ! Je gage qu'il va pleurer comme un bébé ce soir quand on sera dans notre chambre.

Lucette fut incapable de réprimer un petit rire.

– Voyons, Claudine Tremblay, t'es terrible ! Honnêtement, nous aussi, on a presque oublié la photo. Heureusement que Sophie était là.

– Claudine, enweye ! cria Gerry.

Sa femme fit semblant de courir au ralenti pour rejoindre l'époux qui s'impatientait derrière le guidon de sa Polaris. Il lui avait caché son intention de ne pas coucher à Gogama. Il préférait rouler de nuit afin de dépasser leurs concurrents et s'arrêter à un refuge, à mi-chemin vers Timmins. Gerry démarra, son coéquipier fit de même. Il s'était dit que la présence de Claudine les ralentirait, mais chaque équipe se devait d'être mixte. L'autre secret qu'il ne lui avait pas divulgué était que son voisin Donald et lui avaient parié sur leur victoire. S'ils terminaient parmi les cinq premiers, ils toucheraient une jolie récompense ; s'ils obtenaient la première place, ils pourraient la multiplier par cinq ! La somme rondelette motivait les deux hommes à prolonger leurs journées de randonnée pour prendre une longueur d'avance.

Sachant qu'ils allaient dormir à environ vingt kilomètres, Lucette ne pressa pas les jeunes. Ils jasaient avec d'autres ados qui admiraient un modèle sport de Yamaha aux couleurs criardes, muni de tous les accessoires imaginables. Flatté, le propriétaire en profita pour vanter les caractéristiques techniques de sa bombe.

– Il faut se cramponner quand je l'ouvre sur un lac. Elle a du pep en tabarouette !

CHAPITRE 15

L'arrivée en ville

Théo s'étira les bras dans son lit. Il avait bien dormi, mais aurait préféré partager sa chambre avec Sophie au lieu d'Alexis... Grand-maman Gervais, aussi tendance soit-elle, avait tranché : pas de « minouchage » sous sa supervision ! En consultant l'heure sur son téléphone cellulaire, Théo vit qu'il était passé l'heure de rejoindre les femmes pour déjeuner. L'ado donna un coup de coude à son ami qui dormait toujours.

— Ayoye ! Bonjour à toi aussi, maugréa le jeune Bilodeau.

— S'cuse, mais là on est en retard. J'ai oublié de régler l'alarme. On est censés être en train de déjeuner.

— Bon, bien. Pas de douche ce matin !

— Grouille, je vais me brosser les dents, habille-toi, puis on y va.

Ils arrivèrent dans la salle à manger les cheveux ébouriffés et un peu de pâte à dents aux commissures des lèvres.

— Théo, t'as comme un petit peu de..., dit Sophie, en lui faisant signe de se frotter le coin de la bouche.

Son copain s'essuya du revers de la main. Sa gêne ne dura pas, car son déjeuner l'attendait et refroidissait à vue d'œil. Lucette avait pris l'initiative de commander pour tout le monde afin qu'ils n'aient pas à attendre trop longtemps. Elle espérait profiter des courtes heures d'ensoleillement pour franchir le plus de kilomètres possible. Elle rêvait aussi de la baignoire à remous qui les attendait à l'hôtel qu'elle avait réservé à Timmins. N'ayant plus l'habitude de parcourir une telle distance par jour, elle ressentait des courbatures. Les garçons prirent de grandes bouchées d'œufs et de jambon tiède ainsi que de rôties froides. Un verre de jus d'orange fit descendre le tout.

— J'espère que demain vous serez debout à l'heure. Permettez-moi une petite recommandation : prenez votre douche le soir et ne sortez que l'essentiel de votre sac. Comme ça, vous épargnerez du temps le matin quand viendra le temps de plier bagage.

— C'est de ma faute, grand-maman. J'ai oublié mon réveil. Ça n'arrivera plus.

— Ce n'est pas grave, mon grand, dit-elle en consultant sa montre. Bon, on se rencontre dehors dans quinze minutes. Ça va ?

— Oui, répondirent en chœur les trois ados.

Un vent glacial les accueillit. Le mercure oscillait vers les moins trente, assorti d'une bourrasque qui frôlait les vingt kilomètres/heure. Lucette eut un frisson qui lui parcourut le corps. « J'adore l'hiver, mais, bâtard que je pourrais me passer du frette ! » En arrivant dans l'enclos verrouillé où on garait les machines, l'équipe entendit une volée de jurons en anglais.

    L'Odyssée des neiges

— ...ing shit! We forgot to clean the tracks and now they're frozen stiff!

La grand-mère offrit généreusement de les aider.

— Morning guys! If you give us a few minutes to warm up our sleds, we'll give you a hand to hoist yours and rid your tracks of ice.

— That's a deal! Thanks ma'am!

Le soir, Lucette prenait la peine de soulever l'arrière de chaque motoneige à l'aide d'un cric et de faire tourner la chenille pour la vider de toute accumulation de neige qui risquait de geler pendant la nuit et l'empêcherait de tourner le matin venu. Elle privilégiait aussi de laisser l'arrière soulevé, afin d'éviter tout contact avec le sol frigorifié. Les deux hommes n'avaient pas été aussi prévoyants.

Elle et ses comparses démarrèrent leurs bolides. Ils appuyèrent lentement sur la manette du gaz afin de faire tourner la chenille deux tours, puis ils abaissèrent les crics. En un temps record, ils élevèrent les ski-doos gelés d'environ quinze centimètres. Les hommes donnèrent quelques coups de pieds bien placés aux engrenages pour en déloger les gros morceaux de glace et de neige compactée et doucement, ils purent faire tourner les chenilles.

— Thanks again! I see that we're wearing the same race bibs. I'm Bill, that's my brother Teddy and the little lady who's playing in the snow is my niece Abigail. If you need anything, don't hesitate. We owe you one.

— Oh, she's darling! You have to be courageous to bring such a young child on a long trip like this. I'm Lucette, this is my grandson Théo and his

friends Alexis and Sophie. Us snowmobilers need to help each other.

Les sept participants repartirent en même temps. Après quelques kilomètres, les deux hommes aux commandes de machines plus puissantes passèrent devant. Bill eut une pensée pour la gentille grand-mère qui les avait dépannés. Son frère et lui participaient à la compétition par pur plaisir et parce qu'ils souhaitaient se donner un défi. Oh, combien de gens connaissaient-ils, qui les auraient ignorés afin de prendre de l'avance. Intérieurement, il souhaita à ses bienfaiteurs d'effectuer un beau circuit.

La C n'avait pas été entretenue la veille. Le sentier durci par le froid intense s'avérait fort cahoteux. Par séquences, les chauffeurs menaient debout, de façon à mieux absorber les chocs. Incapable de conduire ainsi faute de force dans les jambes, Théo avait cédé sa motoneige à Alexis et voyageait comme passager sur celle de Sophie. Malgré les nombreuses secousses, il était satisfait de pouvoir se coller contre sa blonde. Fatiguée de se faire brasser la carcasse, Lucette fit signe aux autres d'arrêter. Elle descendit de selle, s'étira les membres, fit deux sauts en étoile pour se réchauffer, puis s'étendit dans la neige pour faire un ange à côté de la piste. Les trois ados la regardaient faire. Ils n'en avaient pas fait depuis le primaire ! Sophie décida de l'imiter et les deux garçons firent de même. Ils rirent aux éclats tous les quatre. Alexis sortit son cellulaire et filma une courte vidéo.

Les yeux braqués au ciel, en observant des mésanges perchées dans un arbre, Lucette se remémora le nombre de fois où elle avait pu voir et écouter des grands pics, des perdrix et d'autres oiseaux hivernaux lorsqu'elle faisait une pause de motoneige. Une fois le ronronnement des moteurs assourdi, le faux silence de la forêt prenait le dessus et les mélodies de la gent ailée, le bruissement des branches bercées par le vent et toute une symphonie de la nature se révélaient à ceux qui prenaient le temps de les entendre.

De nouveau debout, grand-mère Gervais distribua des caramels. Ils avaient durci à cause du froid, mais ramollissaient savoureusement quand on les gardait dans la bouche et qu'on se retenait de les croquer.

— Le sentier n'est pas très beau. Heureusement, on n'a qu'environ cent kilomètres à parcourir aujourd'hui.

— Grand-maman, tu ne penses pas qu'on pourrait en faire un peu plus ? Il me semble qu'on ne voit jamais les autres équipes. Genre, elles vont arriver une journée ou deux en avance sur nous.

— Pas nécessairement, Théo. Je suis certaine qu'on va en croiser d'autres et probablement en dépasser quelques-unes aussi. Sophie et toi avez de vieilles machines. Faut pas trop les forcer.

— Ça serait plate de rester pris au milieu de nulle part parce qu'on a fait sauter le moteur.

— Mets-en, Alexis ! fit Sophie.

— OK, OK, je comprends… mais est-ce qu'on peut continuer, là ?

— Bien oui, mon beau ! Prochain arrêt, l'Antre de l'ours !

Ils continuèrent sur le sentier C. En route, ils saluèrent des motoneigistes qui se reposaient en se passant un thermos fumant et en placotant. Théo fut soulagé de voir que ce trio portait le dossard de l'Odyssée des neiges. « Grand-maman avait raison », pensa-t-il. Peu après, ils aperçurent un petit panneau-réclame sur lequel on avait peint un ours en train de manger de la soupe et inscrit : 2 KM. Sur la distance qui restait, l'équipe revit le même écriteau à deux reprises, mais avec des flèches montrant la direction à suivre une fois que l'on quittait le sentier C.

En arrivant au relais, ils virent que l'endroit bourdonnait. Un rassemblement de motoneigistes semblait se tenir devant l'imposante structure en bois rond et au toit de tôle vert forêt. En faisant le plein d'essence, ils entendirent deux groupes de touristes français qui avaient couché dans l'auberge la veille et s'apprêtaient à partir après avoir fait la grasse matinée.

Avant de passer à table, Alexis prit la photo de son équipe, tel que stipulé dans les règlements de la course. Cette fois, il s'agissait d'un ours empaillé, debout sur ses pattes arrière. L'auberge était un véritable musée de taxidermie. D'innombrables trophées de chasse et de pêche remplissaient la grande salle, du plancher jusqu'au plafond. Théo trouva cette exposition assez macabre. Il espérait au moins que la viande de ce gibier avait été mangée. Il méprisait les chasseurs qui tuaient uniquement pour le sport. Puis, les quatre jetèrent un coup d'œil au menu qui proposait des plats variés, cuisinés sur place. Ils virent Bill et Teddy assis au fond du restaurant. Le plus loquace des deux vint saluer ses samaritains du matin. Il les mit au parfum des dernières nouvelles.

— Vous devez connaître les Tremblay... commença l'anglophone.

— Gerry et Claudine ? demanda Lucette.

– Ils ont été chanceux malgré leur malchance, hier. Gerry a mal calculé l'essence qu'il lui restait. Il a eu une panne sèche. Son ami Don a pu venir jusqu'ici pour chercher du gaz. Quand il est revenu, il y avait une meute de loups autour de Tremblay et sa femme !

– Oh, mon Dieu ! J'espère qu'ils sont corrects.

– Oui, Don a fait bien du bruit avec son moteur. Ç'a fait peur aux bêtes. Je peux vous dire qu'ils ont rempli le réservoir sans traîner et qu'ils étaient bien heureux d'arriver ici.

Les jeunes ouvrirent grand les yeux. Ils se demandaient bien ce qu'ils auraient fait en pareille circonstance. Après le départ de Bill, le quatuor discuta de l'histoire qu'on venait de leur raconter. Lucette réitéra, c'était peut-être l'âge qui la faisait parler ainsi, que mieux valait être prudent que faire face à un danger comme ça !

En après-midi, les Gervais-Marchand-Bilodeau-Quesnel se réjouirent de voir que plus ils approchaient de Timmins, meilleure étaient les conditions de la piste. Un club local était sans doute passé avec la surfaceuse. Grâce à la belle neige bien tapée, ils se permirent de rouler plus vite, Théo en tête. Un BANG se fit entendre alors qu'il faisait grimper l'aiguille du compteur. L'ado enfonça le frein et immobilisa sa motoneige. Son cœur battait à tout rompre. Qu'est-ce qui venait de se produire ? Pris de panique, il pensa qu'un braconnier venait de tirer, ou qu'il y avait une explosion ou… Sophie s'empressa de venir voir ce qui se passait. Elle défit les sangles caoutchouteuses qui retenaient le capot et le leva. D'un coup d'œil rapide, elle identifia le problème.

– T'as pété la *strap*, lui dit-elle. Ce n'est pas trop grave. Je vais pouvoir la changer sur-le-champ. Faudra juste aller en acheter une d'extra quand on sera à Timmins.

L'adolescente détacha la courroie d'entraînement supplémentaire attachée à l'intérieur du capot. Elle retira les goupilles de retenue du garde-courroie et procéda à enlever cette pièce. L'étape suivante consistait à soulever et à déverrouiller la « poulie menée » qui suivait le mouvement amorcé par la « poulie menante ». Elle manipula ensuite la demi-poulie coulissante afin de retirer entièrement la courroie du moteur. Ses mains noircies par la graisse et les résidus tremblaient à cause du froid. Elle activa ses doigts avant de souffler dans ses mains. Satisfaite de sentir le sang circuler à nouveau, elle reprit sa besogne. Théo lui donna la nouvelle courroie de caoutchouc. Sophie l'examina afin de la placer dans le bon sens. La mécanicienne suivit les mêmes étapes, en sens inverse. Après avoir refermé le capot et s'être lavé les mains avec de la neige, la jeune femme fut contente d'enfiler ses mitaines et de se réchauffer les mains pour de vrai. Et hop, ils étaient à nouveau en route pour la ville !

Au bout de quelques kilomètres, le paysage se transforma. Au lieu de la forêt se dressaient des maisons, des hôtels de plusieurs étages, un hôpital, des magasins… bref, une ville entière, grouillante d'activités. Toute cette civilisation leur parut étrange, après avoir parcouru environ trois cents cinquante kilomètres dans les bois. En passant devant un parc enneigé, ils aperçurent un groupe d'enfants en train de bâtir un fort. Plus loin, le long des rues, des dizaines de voitures et des camions s'alignèrent à côté d'eux. Chez Tim Hortons, ils virent la traditionnelle queue de voitures, à bord desquelles des chauffeurs attendaient leur café. Ils s'arrêtèrent à une station-service pour faire le plein et se procurer une courroie additionnelle. Puis, ils se rendirent à l'hôtel où Lucette avait réservé deux chambres. La grand-mère avait bien hâte d'enfiler son maillot de bain et de laisser les jets de la baignoire à remous détendre ses muscles endoloris.

Théo profita de la connexion Internet sans fil pour vérifier ses comptes de médias sociaux. Nombre d'amis aimaient les photos qu'il avait affichées. Il en profita pour en ajouter une de Sophie, en train de changer la courroie d'entraînement de son ski-doo. Il ajouta la légende : « Avoir une blonde qui connaît la mécanique, c'est *hot* » Un *ting* ! aigu l'informa qu'il venait de recevoir un texto de Tyler.

Comment va le coureur
des bois ?

    Haha, t'es drôle ! ☺

    Bien. Problème de courroie. Réglé
    rapidement. On est à Timmins.
    Piscine bientôt.

Super ! Les jambes, elles ?

    Au ralenti mais elles suivent.

Excellent ! Ne lâche pas
ta physio.

    L'exercice ou la fille ? ☺

Man, t'es con, T.

Pas plus que toi !

Théo proposa à Tyler de passer la relâche de mars avec lui, à Sudbury ou à Ottawa. « Ça fait longtemps que j'ai vu mon père, pensa-t-il. Retourner dans l'est serait une bonne idée. » Ty accueillit cette proposition avec joie. Il était toujours aussi seul, mais sa dépression s'étiolait, grâce à des suivis chez le psy et à de longues randonnées de ski de fond avec ses pères, dans le parc de la Gatineau.

Alexis s'était réfugié dans la salle de bain pour appeler ses parents en privé. Ils s'inquiétaient énormément de son état de santé et le bombardèrent de questions.

— Comment vas-tu, mon grand ?
— Correct, m'man.
— Est-ce que tu dors bien ?
— Pas pire… C'est pas ça qui me dérange le plus. Par bouts, je me sens étourdi, mes gencives ont saigné… mais ç'a arrêté.
— Est-ce que tu te forces trop ?
— Non, p'pa, je suis surtout passager.
— T'as d'autres symptômes ?
— Je n'ai pas trop faim, mais faites-vous-en pas. Je bois des *shakes* de protéines.

L'adolescent tenta de répondre le plus positivement possible pour ne pas éveiller les soupçons de ses parents, craignant qu'ils ne le forcent à mettre un terme à son escapade. Plus il profitait de l'aventure, moins il pensait à la satanée leucémie qui sapait ses énergies et ses espoirs. Une fois l'appel terminé, le jeune homme se changea rapidement et sortit de la salle de bain, revêtu d'un maillot et d'un vieux t-shirt des Olympiques d'hiver de Vancouver.

                          L'Odyssée des neiges

Il interpella son ami et lui demanda s'il voulait aller à la piscine. Subito presto, Théo alla enfiler le sien. Les camarades croisèrent Lucette et Sophie qui sortaient de la chambre voisine.

En arrivant à la piscine, les trois ados firent de gros yeux à quelques enfants criards qui sautaient dans l'eau. Ils s'entreregardèrent avec une impatience partagée. Heureusement, au bout de dix minutes, la ribambelle de gamins s'en alla, escortée de deux mères à bout de nerfs, au grand soulagement des occupants du grand bain à remous. Des motoneigistes y bavardaient tranquillement avec des touristes et des gens d'affaires qui logeaient à l'hôtel. Ces derniers s'étonnèrent qu'une dame de l'âge de Mme Gervais participe à une telle expédition. Lorsqu'un groupe de jeunes filles de leur âge plongèrent dans la piscine, Théo et ses amis les rejoignirent. Ils apprirent qu'elles faisaient partie d'une équipe de volley-ball de Kapuskasing présentement à Timmins, pour disputer un tournoi à l'école secondaire catholique Thériault.

Théo profita de l'afflux de baigneurs pour glisser vers l'échelle avec sa douce et gagner le sauna sec en catimini. Ils se réjouirent de le trouver vacant. Nul n'avait le goût de s'embrasser en public ! La chaleur monta dans le sauna. Quelqu'un ouvrit la porte et de l'air frais sentant le chlore ainsi que deux hommes bedonnants entrèrent dans la petite salle de bois. Le couple attendit une minute, puis sortit en se retenant de pouffer de rire. Ils retrouvèrent Alexis dans le bain à remous, bien entouré par la moitié des joueuses de volley.

— Bon, vous avez fini de vous mocher... Théo, ta grand-mère veut qu'on sorte souper dans vingt minutes, dit-il en pointant l'horloge suspendue au mur.

Les filles se mirent à rire.

— On est mieux d'aller se changer. Tu continueras de jouer au Don Juan plus tard, Alexis.

Les filles rirent de plus belle. Le jeune Bilodeau les salua et sortit du bassin d'eau chaude pour rejoindre ses amis, déjà rendus à la porte. Ils laissèrent Sophie à sa chambre et gagnèrent la leur où ils s'habillèrent rapidement tout en jasant.

— Alexis, aimerais-tu faire cinquante piastres faciles ?

— Qu'est-ce que t'as en tête ?

— Bien… tu fais semblant d'être malade ou quelque chose, tu gardes ma grand-mère occupée pour un petit bout… question que je montre ma chambre à Sophie…

— Donc, une minute, pas plus. C'est ce que je charge pour soixante secondes de travail.

— Ta gueule ! T'es rien que jaloux !

— Relaxe, le père ! On dirait que je vise dans le mille ! dit-il, rieur.

— Toi… toi là… t'attends rien qu'une claque ou deux !

— Macho solide, tu veux fesser dans face d'un cancéreux sur ses derniers milles.

En voyant la mine déconfite de Théo, Alexis se mit à rire. Oh, comme il aurait aimé pouvoir prendre sa face en photo ! À cet instant précis, Théo trouva une ressemblance entre son ami et Tyler. Dans les deux cas, ils pouvaient s'injurier à fond et se menacer de tous les maux, mais ne passaient jamais aux actes, par grande amitié. L'ado se sentit un brin comme s'il trahissait son meilleur ami d'enfance.

Un coup à la porte le tira de sa réflexion. Il empoigna son manteau et ses bottes et finit de s'habiller en descendant. Personne ne parla dans l'ascenseur. Dès qu'ils furent dehors, Lucette rompit le silence.

— Alors les jeunes, vous avez envie de manger quoi, ce soir? Des mets italiens, chinois...

— N'importe quoi, tant que c'est proche. Il fait super froid! lança Sophie.

— OK, il y a une rôtisserie à côté, indiqua Mme Gervais. Le dernier qui arrive paie le dessert! proposa-t-elle, avant de courir jusqu'à la porte du resto.

CHAPITRE 16

Urgence !

Un épais brouillard couvrait la ville de Timmins. Lucette Gervais décida de retourner se coucher quelques minutes. « La pluie et le brouillard sont deux des pires conditions que l'on puisse avoir, j'espère que ça passera bientôt », se dit-elle, en se rendormant. Deux heures plus tard, trois coups à la porte réveillèrent Sophie. Elle se leva, regarda par le judas, vit que c'était Théo et devint rapidement conscient de son apparence. Échevelée, en pyjama à motifs d'ours polaires et avec probablement une haleine de mort, elle hésita une seconde avant d'ouvrir.

— Allô, est-ce que ça va ?

— Oui, mais tu viens de me réveiller.

— Il est passé l'heure qu'on s'était donnée pour le départ.

— Le brouillard était trop épais. J'ai décidé de faire la grasse matinée, déclara Lucette, réveillée par la voix du visiteur. Est-ce qu'on voit quelque chose dehors ?

— On ne voit pas super loin, mais... genre... je peux voir les voitures dans le stationnement.

  L'Odyssée des neiges

Mme Gervais se leva, passa à la fenêtre et jugea que d'ici la fin du déjeuner, le brouillard se dissiperait suffisamment pour qu'ils entreprennent leur randonnée. Elle proposa de se rencontrer en bas pour manger dans quinze minutes. Théo, qui avait toujours faim, ne s'y opposa pas. Il retourna à côté aviser Alexis qui achevait de se brosser les dents.

À table, Lucette révisa l'itinéraire qu'ils auraient à parcourir au cours de la journée. Une fois de plus, elle déplia sa carte du district 14 et montra le trajet avec son index.

— Donc, nous sommes ici à Timmins. Il faudra suivre la piste A111 C puis la A vers Matheson. On dînera là. Ensuite, ça sera la A108 jusqu'à Kirkland Lake.

— On couche à l'hôtel là-bas ? demanda Sophie.

— En effet. Vous voyez, en gros, on en a pour un peu moins de deux cents kilomètres. Ça nous fera une bonne journée.

Peu de temps après le déjeuner, les membres de l'équipe Gervais-Marchand-Bilodeau-Quesnel se rendirent derrière l'hôtel, où ils avaient garé leurs motoneiges. Ils furent surpris d'y trouver un couple en panique, avec le gérant et un policier. Les clients s'étaient fait voler le rutilant bolide qu'ils venaient tout juste d'acheter, à peine quelques jours plus tôt. Avec toute la tension dans l'air, Théo eut un moment d'angoisse. Il se calma en apercevant leurs trois véhicules toujours en place. Alexis se pencha pour déverrouiller les deux cadenas de vélo en U qu'ils avaient employés pour attacher les machines entre elles. Sachant que tous les types d'hébergement n'offraient pas d'espaces clôturés et surveillés par caméra, grand-mère Gervais avait prévu le coup. Elle savait aussi que de vieilles motoneiges ou des machines bas de gamme ne suscitaient pas autant la convoitise des brigands. Lucette sympathisa tout de même avec le couple qui se retrouvait sans sa Yamaha quatre temps de l'année, qui devait leur avoir coûté une petite fortune.

Avant le départ, le policier vint leur demander s'ils avaient vu ou entendu quoi que ce soit qui aiderait à retrouver le véhicule volé. Les équipiers durent répondre que non. Ils promirent d'ouvrir l'œil et d'avertir les autorités si la Yamaha bleu électrique ressurgissait. L'agent de police les remercia et leur remit sa carte de visite, au cas où. Il les quitta en leur souhaitant une bonne journée et leur rappelant d'être prudents.

Théo menait la bande. Le brouillard demeurait tout de même épais par endroits, le forçant à ralentir fréquemment. Dans de telles conditions, il primait de demeurer aux aguets. Une bête sauvage, une branche d'arbre trop basse, une fourche dans le chemin ou une plaque de glace pouvait surprendre même le plus chevronné des conducteurs. Après de nombreux kilomètres, Alexis secoua l'épaule de son ami. Le conducteur tourna légèrement la tête et comprit que son passager voulait qu'il s'arrête. Il freina, leva le bras droit et ouvrit la main : le symbole d'arrêt des motoneigistes. Une fois les trois moteurs éteints, Théo demanda à Alexis ce qui n'allait pas.

— Je pense qu'on n'est pas sur le bon sentier.

— Comment ça ?

— On vient de passer une pancarte qui annonçait Cochrane, dans j'sais plus combien de kilomètres.

— Ah non ! T'es pas sérieux ? Je me suis trompé. C'est de ma faute. J'aurais dû mieux regarder. Avec le brouillard… se culpabilisa Théo, dont le niveau d'anxiété augmentait rapidement.

— Attendez, je vais aller voir, déclara Sophie.

Elle trotta sur environ une trentaine de mètres et découvrit un panneau indicateur. Alexis avait raison ! Ils n'allaient pas dans la bonne direction. Rapidement, elle rejoignit ses compagnons et leur fit part de la situation. Lucette extirpa la carte de sa poche de manteau.

— Regardez. Ici, il y avait la fourche pour la A111 C et la C. Le brouillard a dû être plus épais et on s'est trompés de direction. Ce n'est pas grave. Il est encore tôt et nous ne sommes pas trop loin, dit-elle, pour réduire le stress, consciente que même une erreur bête pouvait susciter une crise d'anxiété chez son petit-fils. Bon… laissez-moi voir… Ah, oui. Si on recule de quelques kilomètres, là on pourra prendre la L25.

— OK, L est un code de sentier local, ajouta Sophie.

— Tu as raison. À compter de cette piste, nous pourrons rejoindre la A111 C et nous éviterons de retourner jusqu'à Timmins !

Voyant que son copain était toujours un paquet de nerfs, Sophie lui proposa d'embarquer avec elle. L'ado ne se fit pas prier, doutant de pouvoir mener son équipe à bon port. Théo se flagellait intérieurement. Il comprenait que son erreur était bénigne, mais il ne pouvait s'empêcher d'envisager toutes sortes de scénarios, où ils manquaient d'essence, ils arrivaient à l'hôtel et il n'y avait plus de chambres, ils avaient un accident… tout ça par sa faute… à cause de sa distraction et des kilomètres en trop qu'ils avaient parcourus… Comment avait-il pu se tromper ainsi ? La respiration de l'adolescent se fit haletante. Son casque de motoneige semblait lui écraser la tête. Bientôt... bientôt, il ne pourrait plus... respirer. « Respirer... Oui, respire. C'est ce que papa me dirait. » Théo ferma les yeux, visualisa son père, prit une grande inspiration et, gardant l'air dans ses poumons gonflés, il compta lentement dans sa tête. « Mille... un, mille... deux, mille... trois, mille... quatre, mille... cinq. » Il expira lentement. Il recommença deux autres fois. Calmé, il rouvrit les yeux. Le jeune homme n'avait pas réalisé qu'ils étaient en mouvement tant son début de panique avait pris le dessus.

Cette fois, Lucette prit les devants. La L25 s'avéra un sentier court, mais bien entretenu. Les arbres enneigés qui bordaient le chemin étroit ajoutaient à la féerie hivernale. Çà et là, des traces de lièvres traversaient la piste. Certains arbres supportaient difficilement le poids du manteau de neige qui alourdissait leurs branches. Ils penchaient alors au-dessus du sentier, touchant presque leurs pareils de l'autre côté, créant une sorte de tunnel de branches de conifères et d'amoncellement de flocons. Les sportifs rejoignirent la A111 C à bon train. En voyant l'affiche indiquant qu'ils se trouvaient sur la bonne voie, Théo se sentit allégé du fardeau de la responsabilité. « Il faut vraiment que j'arrête de m'en faire pour rien », pensa-t-il, en s'apercevant que sa petite erreur n'avait rien eu de catastrophique.

Au fur et à mesure que les ski-doos avalaient les kilomètres, le brouillard leur faussait compagnie. Quelques timides rayons de soleil percèrent la grisaille et s'intensifièrent comme l'équipe approchait de Val Gagné. Étant donné le long détour du matin, Lucette doutait de pouvoir attendre d'être à Matheson pour se restaurer. Elle mena donc ses ouailles à un relais. On passa aux toilettes, car c'était ce qui urgeait, puis on s'occupa de remplir les réservoirs. En regardant le compteur monter, Alexis trouva le coût du carburant fort élevé. Il était soulagé que Mme Lucette ainsi que ses parents et ceux de ses amis aient contribué au fonds d'essence et d'hébergement, car ses économies de livreur de pizza se seraient vite épuisées.

La doyenne du groupe consulta sa montre et proposa de casser la croûte. Les ados acceptèrent volontiers. Théo et Sophie mangèrent avec appétit le pâté chinois qu'ils avaient commandé. Théo fut déboussolé de découvrir que sa bien-aimée mangeait le sien sans ketchup.

— Non, mais… c'est un sacrilège ! émit-il, incapable de s'en empêcher.

Tous éclatèrent de rire, mais celui d'Alexis sembla forcé. Le jeune Bilodeau n'avait presque pas touché à sa soupe aux pois. Il s'excusa et se rendit aux toilettes. Il eut une faiblesse et se retint à l'évier pour ne pas tomber. Il essaya de prendre de grandes inspirations, fit couler de l'eau froide et s'en aspergea le visage. Une vague d'étourdissement le frappa. Il se rendit difficilement jusqu'à la toilette, où il vomit copieusement dans la cuvette. Tout son corps tremblait.

Inquiet de ne pas le voir revenir, Théo quitta sa copine et sa grand-mère pour aller voir comment il s'en tirait. En entrant du côté des hommes, il fut frappé par l'odeur de suri. Il découvrit son partenaire de randonnée assis par terre adossé au mur, le menton sur la poitrine et les yeux fermés. Il lui secoua doucement l'épaule gauche.

— Alexis ! Alexis ! Es-tu correct ?

L'ado ouvrit les yeux, releva le menton puis balbutia une réponse rassurante.

— Ça... ça va... aller. Peux-tu m'aider... à... me relever ?

Théo passa un bras sous les aisselles de son ami et tenta de le hisser vers lui. C'était la première fois, depuis le traumatisme à la moelle, qu'il exigeait autant de force de son dos et de ses jambes. Tranquillement, en espérant ne pas se blesser, il les déplia en même temps qu'il soulevait son compagnon. La tâche lui demanda passablement d'effort et fit battre son cœur plus vite. Il s'appuya temporairement contre le mur et respira à fond, tout en soutenant le malade. Il réussit à guider Alexis jusqu'à l'évier, où il lui mouilla les tempes. On cogna. C'était Lucette.

— Les gars... est-ce que ça va ?

— On sort, répondit Théo, avant de pousser doucement sur la porte.

En voyant le visage tendu de son petit-fils et la pâleur d'Alexis, elle sut que ça n'allait pas du tout.

— Mon homme, penses-tu être capable de te tenir derrière Théo sur la motoneige, pour une trentaine de kilomètres ?

— Je vais essayer.

— On va se rendre à l'hôpital de Matheson. Je pense que tu as besoin de soins.

— N...non. J'vais être... correct.

— Alexis, ce n'est pas une option, ajouta-t-elle fermement.

Sophie et Théo portèrent presque leur ami jusqu'à l'extérieur du restaurant. Ils l'aidèrent à s'asseoir sur le ski-doo. Lucette arriva avec un châle récupéré dans son sac. Elle expliqua qu'on s'en servirait pour attacher Alexis au dossier de la motoneige. S'il ne réussissait pas à s'accrocher à Théo, au moins il ne tomberait pas sur la route. Sophie chercha dans Google Maps comment se rendre à l'hôpital une fois à Matheson. Elle communiqua le tracé à Mme Gervais.

La distance qui séparait Val Gagné de Matheson leur parut interminable. Le soleil avait tiré sa révérence et des flocons commençaient à tomber. La tempête s'aggrava au point de recouvrir de neige les habits des motoneigistes. Lorsqu'ils arrivèrent à la petite ville d'environ deux mille cinq cents habitants, il faisait presque nuit. Heureusement, le centre hospitalier ne se trouvait pas trop loin du sentier. Ils eurent bientôt dans leur mire l'édifice recouvert de vinyle beige et son toit vert pâle. Ils garèrent les motoneiges devant l'entrée, Théo les déplacerait jusqu'au stationnement. Lucette et Sophie s'empressèrent d'aider Alexis à monter la rampe qui menait aux doubles portes de l'établissement. Dans leur hâte, elles ne remarquèrent pas le rivage de la rivière Black, tout près de l'hôpital.

Une fois à l'Urgence du Bingham Memorial, Sophie aida Alexis à remplir le formulaire qu'une préposée leur avait remis sur une planchette, pendant que Lucette appelait les Bilodeau. Le groupe attendit une quarantaine de minutes avant qu'une infirmière vienne chercher Alexis. Assis dans un fauteuil roulant, il passa des portes et disparut dans un corridor où ni Théo, ni Lucette, ni Sophie ne pouvaient le suivre.

CHAPITRE 17

La ruée vers l'or

L'horloge dans la salle d'attente émettait un tic-tac qui semblait s'amplifier à chaque seconde. Théo frétillait dans sa chaise. Sophie avait posé une main apaisante sur sa cuisse, mais en vain. Elle s'était procuré un magazine et lisait distraitement, attirée davantage par les photos et les titres que par le contenu des articles. Les lèvres de Lucette remuaient légèrement. Elle priait le Seigneur qu'Alexis s'en sorte indemne. Tic-tac, TIC-TAC, TIC-TAC! C'était insupportable. Après avoir récité tout bas son acte de foi et trois *Je Vous Salue Marie*, Lucette explora les poches de son manteau, y trouva son porte-monnaie, en sortit un billet de dix dollars et le tendit à son petit-fils.

— Théo, pourrais-tu aller nous chercher quelque chose à boire, s'il te plaît?

— Euh... OK, répondit-il, en sortant de son état second. Qu'est-ce que tu veux que je te rapporte?

— Un thé noir avec un sucre et un lait.

— Tu veux que je vienne? proposa Sophie.

Les deux ados enfilèrent leurs manteaux et sortirent du centre hospitalier dépourvu de cafétéria. Ils n'avaient pas vraiment soif, mais l'air et l'exercice leur firent du bien et leur changèrent momentanément les idées. Ils marchèrent jusqu'à un casse-croûte pas trop loin et commandèrent deux tasses de chocolat chaud et une tasse de thé. Près de la caisse, Sophie vit des brioches à la cannelle appétissantes et demanda d'en ajouter trois. Théo tendit le billet de dix au jeune caissier qui semblait terriblement s'ennuyer. Sophie montra sa carte de guichet pour payer la différence. Quelques minutes plus tard, ils étaient de retour auprès de Lucette. Un homme de petite stature et aux cheveux grisonnants était en train de lui parler. Il s'interrompit pour se présenter.

— Bonjour, je suis le docteur Vachon, je m'apprêtais à donner des nouvelles d'Alexis Bilodeau à madame Gervais.

— Est-ce… est-ce qu'il va être correct ?

— Il m'a dit que vous étiez au courant de sa condition. On s'entend que l'état avancé de sa leucémie est irréversible. Pour le moment, il va mieux. J'ai espoir que d'ici un jour ou deux, je pourrai signer son congé de l'hôpital.

— Est-ce qu'Alexis pourra terminer la randonnée avec nous ? demanda Théo.

— Euh… je ne dis pas un non catégorique, mais un tel voyage est épuisant. L'emmener loin des villes où se trouvent des hôpitaux serait risqué. Je crois préférable de le reconduire directement à Sudbury.

Le médecin leur suggéra de se trouver une chambre de motel et de revenir le lendemain matin. Il laisserait une note pour qu'ils puissent voir le patient même s'ils n'étaient pas de sa famille. Avant de quitter l'hôpital, Lucette rappela les parents d'Alexis. Ils étaient déjà en route pour Matheson. La grand-mère offrit de leur réserver une chambre au motel, puisque les heures de visite seraient assurément terminées. Phil et Anne-Marie la remercièrent de cette attention. Théo et Sophie communiquèrent avec Éloïse pour dire qu'ils ne savaient pas quand ils seraient en mesure de revenir. Elle promit d'en avertir M. Quesnel et demanda ce qu'elle pouvait faire d'autre. Face à l'agression de la maladie, personne ne voulait se sentir impuissant.

Dans la chambre d'hôpital numéro huit, leur ami ne dormait plus. Les patients qui partageaient sa chambre ronflaient, remuaient dans leur lit et parfois poussaient des cris. L'homme qui venait de se faire amputer un bras était particulièrement agité. Il se passa bien une heure avant que les paupières d'Alexis s'alourdissent et qu'il sombre dans le sommeil.

Le lendemain, ses parents et ses amis se relayèrent pour lui rendre visite. Théo se souvint du malaise qu'il avait fréquemment ressenti lors de sa propre hospitalisation, au printemps. Personne n'osait parler de son cas. Tous s'efforçaient de trouver d'autres sujets de conversation, des platitudes bien intentionnées. Maintenant qu'il se trouvait de l'autre côté du lit, il ne savait pas plus quoi dire. En après-midi, le Dr Vachon passa voir son patient. Il était satisfait de son état et le laisserait partir le lendemain matin, si sa condition demeurait stable. Alexis se montra très content. Ses parents se réjouirent avec lui. Une fois le médecin parti, ils déclarèrent qu'ils le ramèneraient à la maison sans délai.

– Non.

– Comment ça, non ? protesta son père.

　　　　　　　　　　　　　　L'Odyssée des neiges

— Je ne veux pas retourner à Sudbury en pick-up.

— Chéri, on n'a pas vraiment le choix, répondit Anne-Marie.

— J'y ai bien pensé pendant la nuit... Je veux terminer l'Odyssée des neiges.

— Ben voyons, Alexis! Ça n'a pas d'allure!

— P'pa, ça ne sert à rien de faire comme si j'allais guérir miraculeusement. On sait depuis un bout qu'il ne me reste pas... grand temps. J'aimerais mieux... J'aimerais mieux mourir en faisant une activité que j'aime, que prisonnier d'un lit d'hôpital ou en regardant la télé à la maison.

Phil et Anne-Marie en restèrent bouche bée. Ils voulaient ce qu'il y avait de mieux pour leur fils. Alexis avait raison. Son état de santé n'était un secret pour personne. On espérait un remède, un traitement expérimental... Voyant la détermination dans les yeux de leur adolescent, ils ne purent refuser sa suggestion.

— OK. Autant ça m'inquiète de te voir partir comme ça, autant je comprends, trancha Mme Bilodeau.

— Mais on va vous suivre en voiture jusqu'à Sudbury, imposa le père. On se donnera des points de rencontre à Kirkland Lake, à New Liskeard, à...

— *Deal*, l'interrompit l'ado.

Ils s'enlacèrent, la larme à l'œil.

*   *

*

Tôt le matin les déneigeuses s'activaient dans les rues de Matheson. Les motoneiges qui avaient dormi dans le stationnement du motel étaient recouvertes d'un épais manteau de flocons.

À dix heures vingt-cinq, Alexis s'installa sur la motoneige de Théo. Ses parents lui souhaitèrent une bonne randonnée. Ils le reverraient à Kirkland Lake, à environ cent kilomètres de distance. Le conducteur tira sur le démarreur à rappel et fit ronronner le moteur. Il jeta un coup d'œil à sa copine et à sa grand-mère. Toutes deux lui montrèrent un pouce en l'air. L'équipe Gervais-Marchand-Bilodeau-Quesnel poursuivrait l'Odyssée des neiges!

Lucette mena ses coéquipiers vers le sentier A108. Les conditions de glisse étaient excellentes. Ils interprétèrent l'état du sentier comme un signe que la décision d'Alexis de compléter leur périple était une bonne idée. Ils croisèrent de nombreux randonneurs. Aucun d'entre eux ne portait les dossards de la compétition. Au bout de quatre-vingt-quinze kilomètres, ils virent un panneau leur souhaitant la bienvenue à Kirkland Lake. Alexis appela ses parents pour savoir à quel resto ils attendaient.

Une fois le plein d'essence fait, les motoneigistes garèrent les engins dans le fond du terrain de la station-service et empruntèrent le trottoir pour se rendre au point de rencontre. Une rangée d'édifices de brique rouge ou brune datant de plusieurs décennies bordait la rue, collés les uns aux autres. Des espaces commerciaux, parfois vacants, se trouvaient au rez-de-chaussée des immeubles à trois étages. Des appartements occupaient les niveaux supérieurs. Le restaurant familial se trouvait tout près, heureusement, car deux des trois adolescents n'étaient pas très solides sur leurs jambes. Surtout que le trottoir était couvert de gadoue, ce qui rendait les déplacements périlleux. Enfin dans le resto, ils passèrent à table. Le jeune Bilodeau commanda une grosse poutine italienne. Les yeux plus gros que la panse, il n'arriva pas à manger sa montagne de frites. Lucette était souvent venue à Kirkland Lake et leur parla sommairement de l'histoire de la ville.

— Selon la légende, c'est une région qui regorge d'or. On dit même que les routes sont pavées de ce métal précieux.

Impressionnés, Sophie, Alexis et Théo se voyaient bien trouver quelques pépites à leur tour! Peu après le repas, l'équipe se dirigea vers Englehart, où elle ferait une courte pause. Si tout allait bien, ils franchiraient cinquante kilomètres supplémentaires jusqu'à New Liskeard et y passeraient la nuit.

— On continue sur la A108 pour un petit bout. Ensuite, on empruntera le sentier L189 jusqu'à destination, leur annonça grand-mère Gervais.

Lors de leur halte, ils rencontrèrent des concurrents pour la première fois depuis un certain temps. Une femme qui portait un ensemble rose bonbon assorti à sa machine, sans doute peinte sur mesure, partagea avec eux son expérience déplaisante des vingt-quatre dernières heures. On leur avait fait un sale coup.

— V'là deux soirs, on avait fait le plein avant de s'enregistrer au motel. On est partis tôt le matin suivant, pour profiter de la clarté. On a manqué de gaz dans le milieu de nulle part! Des salauds avaient siphonné notre essence! Y'avait personne qui passait. On a dû marcher des kilomètres avant de trouver une pourvoirie où on a pu acheter un bidon de *fuel*, à un prix exorbitant. Du vol de grand chemin! Pis y a fallu revenir à pied!

En furie, elle poursuivit son histoire, leur racontant qu'avec le retard, ils avaient oublié de prendre une photo pour la compétition. Ils avaient rebroussé chemin... Finalement, à l'auberge, on leur apprit qu'ils avaient « appelé » pour annuler leur réservation et que malheureusement, il ne restait plus de chambres.

— Donc, des gens qui voulaient nous faire du tort se sont fait passer pour nous. À cause d'eux, nous avons dû dormir assis sur des chaises en bois. En bois !

— Oh, mon doux ! C'est toute une mésaventure, ça. J'espère que ça ira mieux maintenant, leur souhaita Lucette.

Le soleil se faisait de plus en plus discret, mais l'on voyait toujours assez clairement. Mme Gervais guida son groupe vers la statue de vache emblématique de la petite ville depuis longtemps. Ils y prirent la photo obligatoire pour l'Odyssée des neiges. Intérieurement, Théo se dit que ça ne servirait à rien, car ils accusaient bien trop de retard pour gagner. Lucette lut la défaite dans les yeux de son petit-fils.

— Gagner, gagner, il n'y a pas juste ça dans la vie. Nous nous sommes inscrits à un défi. Pis on va le compléter comme il faut ! lança la vieille dame.

Au motel, la réceptionniste leur souhaita la bienvenue et les avisa qu'un colis les attendait. S'ils lui allouaient un instant, elle irait le chercher dans le bureau, en arrière. Le téléphone sonna, l'employée se dépêcha d'y répondre. Se disant que la femme devait s'être trompée, les clients n'en firent pas de cas, prirent les clés et se rendirent à leurs chambres. Quelques minutes plus tard, les Bilodeau vinrent cogner à leurs portes.

Ils arrivaient les bras pleins de boîtes de pizza et de boissons gazeuses. Ils se rassemblèrent tous dans la chambre des garçons et engloutirent une tonne de pointes de pizza. Soudain, le timbre du téléphone de la chambre retentit. On leur annonça qu'un colis les attendait toujours à la réception. Curieux, Théo alla aux nouvelles. Il revint au bout de quelques minutes, avec un gros sourire, ayant reconnu la calligraphie de l'expéditeur qui avait inscrit les coordonnés du motel sur le paquet.

— Nous avons bel et bien reçu un cadeau et j'ai une très bonne idée de ce dont il s'agit ! Tiens, Alexis, c'est pour toi.

— Qui est-ce qui sait que je suis ici ?

— Un ami qui nous suit de loin.

Il déballa le paquet et y trouva un contenant de plastique sur lequel on y avait collé un post-it.

Alexis,

J'espère que tu iras mieux. Les carrés de fudge à l'érable de Papa Jay ont aidé Théo à récupérer. Ils ne devraient pas te faire de tort.

Bonne randonnée !

Tyler

CHAPITRE 18

Œil pour œil

Le rythme incessant de la batterie et de la basse était insupportable. Depuis vingt-deux heures, de gros haut-parleurs crachaient le même son *ad nauseam*, à tue-tête. À cette agression « musicale » s'ajoutaient les cris de joie et les rires tapageurs. Pour entendre ce qui se passait à l'écran du téléviseur, il fallait augmenter le volume à un niveau tel qu'on craignait de se faire saigner les tympans. Exténué de subir autant de décibels, Théo éteignit la télé et s'enterra la tête entre deux oreillers. La tactique atténua les ondes acoustiques, mais il trouva encombrant d'avoir à retenir les coussins en place.

Las de ne pouvoir fermer l'œil, Lucette comptait les minutes. « C'est comme rien qu'à onze heures, ça va être le couvre-feu », se dit-elle en s'encourageant. Lorsque le cadran indiqua vingt-trois heures, elle leur donna cinq minutes de grâce. À vingt-trois heures trente-cinq, n'en pouvant plus, elle souleva le combiné et composa le numéro de la réception.

— Bonsoir, c'est Jessica, comment puis-je vous aider ?

– Bonsoir, ici Lucette Gervais, chambre 18. Il y a un paquet de gens qui font la fête. La musique est dans le tapis et tout le monde gueule comme si le Canadien venait de gagner la coupe.

– Oui... je suis au courant. Je suis désolée, madame Gervais, mais je n'y peux rien.

– Bien là, il faudrait appeler la police ou quelque chose ! Il est tard, nous avons réservé trois chambres ici pour nous reposer.

– C'est le maire et ses amis. Ils célèbrent un enterrement de vie de garçon, une retraite ou quelque chose du genre. Ils occupent presque tout le motel. Je peux vous offrir des bouchons pour les oreilles, si vous voulez.

– Alors, vous allez nous rembourser !

Lucette maugréa qu'il était improbable que la police intervienne, si la fête était l'initiative de l'élu municipal. Il y eut une petite accalmie. Sophie, qui jusque-là tentait de lire, alla à la fenêtre. Elle repoussa le rideau et vit M. et Mme Bilodeau qui s'entretenaient avec des fêtards. Le père d'Alexis montra à quelques reprises les chambres 17 à 19. De retour à la leur, ils informèrent Lucette qu'ils avaient tenté de raisonner le groupe de noceurs, sans grand succès. Les amis du maire les avaient invités à se joindre à eux et leur avaient offert une bière, ainsi le bruit des réjouissances ne les perturberait plus. Phil et Anne-Marie ne divulguèrent pas qu'en tentant de négocier, ils avaient essayé d'attirer la sympathie en soulignant l'état de santé et l'âge des participants de l'Odyssée des neiges. Ils savaient que l'orgueil de Théo, d'Alexis et de Lucette en aurait pris un coup.

La fête se poursuivit jusqu'à trois heures du matin, après quoi un silence quasiment lugubre envahit le motel. Enfin, on pouvait dormir. La cadence des ronflements remplaça celle de la musique. Les polissons, ivres morts dans bien des cas, cuvaient leur bière, écrasés ici et là dans les lits, les fauteuils et même les baignoires. À l'extérieur, la lumière des réverbères luisait sur de multiples bouteilles de Labatt et de Molson qui jonchaient le sol. Dans leur ébriété, leur fatigue ou leur insouciance, certains avaient même oublié de fermer la porte de leur chambre. Bientôt, ils sentiraient assurément le mercure qui ne cessait de chuter et le vent qui s'élevait, annonçant une tempête.

Anne-Marie, éveillée tôt, se glissa en douce jusqu'à sa voiture. Elle trouva un McDonald, y commanda du café, des jus et une douzaine d'œufs McMuffin. Elle passa livrer les victuailles à son fils et à ses amis. En un rien de temps, tout le monde avait mangé, fait ses bagages et pris ses effets en sortant. Lucette, toujours amère de la nuit ruinée par les fêtards, décida que c'était à son tour d'empêcher les gens de dormir. Elle démarra sa motoneige et fit monter le régime. Vroum, Vroum, Vroum ! Elle s'amusa à tracer d'innombrables cercles dans la neige, en plein devant la rangée de chambres ! Quelques-uns gueulèrent. Certains lancèrent des objets, mais les projectiles ne se rendirent pas loin. Fière de son coup, la grand-mère cessa d'exercer sa vengeance, peut-être puérile, et fit signe à ses coéquipiers qu'on y allait.

Phil et Anne-Marie roulèrent sur l'autoroute 11 en direction sud, tandis que les motoneigistes empruntaient la piste A vers Temagami, à quatre-vingts kilomètres de New Liskeard. Ils passèrent à Cobalt puis à Latchford sans anicroche. Ils s'arrêtèrent deux minutes, car Alexis avait les mains gelées. Fatigué, il sentait ses réserves d'énergie fondre comme la neige au printemps. Peut-être ne parviendrait-il pas à compléter le circuit de l'Odyssée des neiges.

Sachant qu'ils arriveraient bien plus rapidement à Temagami que la bande en ski-doo, ses parents s'étaient fait inviter à prendre un café et à bavarder chez un oncle et une tante qui y demeuraient depuis leur retraite, après avoir travaillé une trentaine d'années à Toronto. Le calme du lac et l'idée de s'éloigner de la circulation démentielle de la ville reine les avaient convaincus de retourner dans le nord de l'Ontario, un coin de la province qu'ils avaient toujours considéré le leur.

Phil gara son véhicule devant un énorme garage où son oncle Jean-Michel abritait ses jouets, comme il appelait son bateau de pêche, son kayak, son VTT, ses skis de fond et autres articles de sport et de loisir. Une délicieuse odeur de pain aux bananes sortant du four les accueillit dans la maison. Anita les invita à s'asseoir au solarium, afin de profiter du soleil et du panorama. Devant eux se dressaient des conifères dont les branches épineuses étaient alourdies par la neige et le givre. L'étendue du lac Temagami se déployait un peu plus loin. Vers la gauche, on voyait quelques cabanes érigées par des pêcheurs sur glace souhaitant s'abriter du noroît. Des traces de chevreuils parsemaient le terrain. Les cervidés ne se gênaient pas pour s'approcher des demeures, une fois l'hiver venu, afin de trouver de quoi se mettre sous la dent.

– Oncle Jean-Michel, je vous dis que c'est vraiment le paradis que vous avez ici, lança Anne-Marie.

– Pendant toutes nos années en ville, dès qu'on avait des vacances, on désirait s'éloigner des gratte-ciels et du smog, ajouta Anita.

La conversation dura un moment avant qu'elle pose la question dont on avait évité le sujet depuis l'arrivée des visiteurs.

– Comment va Alexis ?

*   *
*

À environ vingt kilomètres de Temagami, Lucette aperçut des bandelettes orange fluo suspendues à des branches d'arbres bordant le sentier. Elle indiqua aux autres qu'elle ralentissait. Un kilomètre plus loin, ils virent pourquoi les bénévoles du club de motoneige local avaient laissé ces indicateurs. Un gros arbre était tombé et bloquait entièrement le chemin. Il faudrait de puissantes scies mécaniques et pas mal de temps pour réussir à s'en débarrasser. Mme Gervais éteignit son moteur et alla analyser la situation. Les trois ados l'imitèrent.

– Eh, monsieur ! Il n'est vraiment pas tombé à la bonne place. C'est impossible de le contourner juste comme ça. La forêt est trop dense.

– On pourrait passer là, madame Gervais, suggéra Sophie qui avait rebroussé chemin d'une trentaine de pieds. Il y a des traces de motoneige ici. Il doit y en avoir qui y sont passés avant nous.

Les trois autres vinrent jeter un coup d'œil. En effet, on voyait des traces relativement fraîches dans la neige. Le sentier improvisé leur ferait faire un léger détour vers la A.

– On n'a pas vraiment d'autre choix, trancha Théo.

– T'as raison, mon grand. On va y aller prudemment, car ce n'est pas balisé.

Le quatuor retourna aux ski-doos. Les motos reculèrent jusqu'à l'embouchure de la piste improvisée. Théo ouvrit la marche et suivit les traces de leurs prédécesseurs. De nombreuses bosses, sans doute des roches ou des racines recouvertes de neige, rendaient le trajet cahoteux. Non loin d'eux apparut une éclaircie dans la forêt. Ils arrivèrent à un lac. Lucette n'aimait pas ça. La traversée n'était pas balisée avec des marqueurs, comme les chemins de glace qui font partie des véritables sentiers de motoneige. Elle conseilla aux jeunes chauffeurs d'accélérer afin de passer le moins de temps possible sur le lac gelé.

Théo ne se fit pas prier. Il enfonça les gaz et s'y lança. Alexis dut redoubler d'efforts pour se retenir, étant donné les monticules de neige et de glace sous les chenilles. À quelques reprises, son casque percuta celui de son ami. Une fois de l'autre côté, Théo fit un signe de la main. Lucette y alla, préférant se mettre debout afin d'absorber les chocs avec les genoux au lieu du coccyx. Finalement, ce fut au tour de Sophie. Elle accéléra et franchit presque toute la distance avant de heurter un monticule de neige. L'impact lui fit perdre le contrôle du bolide qui s'en alla vers le large. Elle donna un coup de guidon pour redresser sa trajectoire. En faisant cela, elle s'engagea sur une crevasse qu'elle n'avait pas vue. Le devant de son ski-doo sombra et la glace fine se brisa sous son poids. Sophie eut le réflexe de sauter de sa monture. Elle atterrit sur la glace qui céda une fois de plus.

Affolés, ses coéquipiers cherchèrent une corde dans leur arsenal de motoneigistes. La grand-mère la ramassa et partit en trombe. Elle immobilisa sa machine à une distance qu'elle jugea sécuritaire. D'un geste rapide, elle façonna un lasso et lança l'anneau à Sophie. L'adolescente, dont les habits s'imbibaient d'eau glacée, réussit de peine et de misère à l'attraper et à se le passer sous les bras. D'un tour de main habile, grand-mère Gervais attacha l'autre bout du câble au support à bagages de son ski-doo et accéléra lentement. Le corps de Sophie fut doucement traîné sur la glace, à quelques pas de l'eau. Lucette débarqua et aida la rescapée à monter sur la machine. Elle la ramena au bord, où les garçons avaient sorti des vêtements secs de leurs havresacs. Faisant fi de la pudeur, ils aidèrent leur amie à enlever ses habits trempés, puis à enfiler le plus d'épaisseurs possible. Théo frotta les épaules et les bras de sa copine jusqu'à ce que ses lèvres cessent de trembler. Vêtue de plusieurs couches de vêtements et chaussée de quatre paires de bas, pas tous propres, dans les grandes espadrilles de son chum, Sophie reprit vite des couleurs. L'adolescente se mit à pleurer, incapable de parler. Elle était passée près de la noyade ou de mourir d'hypothermie, sans compter que son ski-doo, qu'elle avait mis tant d'heures à rafistoler, était maintenant une épave au fond d'un lac qui lui était inconnu. Avant de reprendre la route pour Temagami, Alexis consulta son cellulaire, heureux de découvrir qu'il avait une barre de réception. Il logea un appel à ses parents. Ils furent soulagés d'apprendre que Sophie était indemne.

Au restaurant où on avait convenu de se rencontrer, Anne-Marie accueillit Sophie à bras ouverts. Elle déposa deux grands sacs sur la banquette et lui expliqua que sa tante Anita lui prêtait des bottes et un habit de neige sec pour compléter la randonnée, si le cœur lui en disait. C'est alors seulement que la rescapée rompit son mutisme.

– M...merci, madame Bilodeau. Oui... on va la finir, cette aventure-là ! dit-elle, d'un ton qui n'admettait pas de réplique.

CHAPITRE 19

Du district 11 à la ligne d'arrivée

Réchauffée, sèche et déterminée, Sophie avait hâte de reprendre la route. Depuis le début de l'Odyssée des neiges, ils avaient accumulé les ennuis. C'en était assez. Il restait cent quatre-vingt-cinq kilomètres à parcourir avant d'être de retour au lac Ramsey. Ils y seraient, coûte que coûte! Comme l'après-midi avançait, elle doutait qu'ils puissent compléter le trajet avant le lendemain. Lucette préférait envisager la distance par étapes. Mieux valait penser au prochain village plutôt que tout de suite à Sudbury. Ils avaient pris la peine de remplir les réservoirs d'essence et d'acheter des provisions d'eau et de noix, au cas où ils auraient une petite fringale en cours de route. Après Marten River, il n'y aurait aucun service avant Sudbury.

Après avoir salué les parents d'Alexis, les motoneigistes prirent place sur leurs machines. Le jeune Bilodeau embarqua avec Lucette tandis que Sophie devenait la passagère de son chum. Il faisait si froid que Théo démarra sa Skandic II 380 en mode manuel plutôt qu'en tournant la clef. Le moteur ronronna. Prêt, il enfonça l'accélérateur et dirigea son bolide vers la A. Devant le lac Ingall, Sophie eut un pincement au cœur. À son grand soulagement, le sentier bien tapé longeait une petite partie de l'étendue gelée, sans y passer. « Je vais sans doute craindre les lacs pour un bout de temps », se dit-elle, en pensant à son accident qui aurait pu lui être fatal. Depuis quelques minutes, Alexis ressentait des étourdissements. L'ado était habitué à ce symptôme de la leucémie, mais ce n'en était pas moins déroutant. Passager sur une motoneige, il ne voyait rien devant lui, ce qui provoquait un sentiment de claustrophobie. Avec un peu de chance, la nausée lui passerait rapidement. Il fermait fréquemment les yeux, car il pouvait plus facilement se concentrer sur sa respiration.

Un ronronnement s'intensifia et quatre chauffeurs qui roulaient à fond la caisse apparurent en sens inverse. En dépassant l'équipe, ils aspergèrent tout le monde copieusement. Les cylindrées élevées des quatre Arctic Cat rendirent Théo envieux. Il s'essaya à son tour, mais sa Bombardier n'étant pas un modèle de course, il ne put les imiter. Voyant qu'il avait accéléré, grand-mère Gervais fit de même, en espérant ne pas croiser de patrouilleurs ou de policiers.

À une vitesse de croisière accrue, ils parcoururent les vingt-trois kilomètres qui restaient. Une fois à Marten River dans le district 11, ils suivirent les indications sur les panneaux afin de se rendre au relais Rock Pine, à la jonction de la A et de la A104 D. Un édifice en pierre des champs sur la façade et au revêtement bourgogne se dressait au sommet d'une butte. Phil et Anne-Marie les y attendaient. Quand leur fils retira son casque pour prendre de bonnes bouffées d'air frais, ils virent la fatigue dans ses yeux et combien il avait blêmi. Le père lui murmura à l'oreille.

— Alexis, il n'y a pas de gêne à revenir avec nous en *truck*.

— P'pa, je n'ai pas changé d'idée. Il faut juste que je me tienne, on y est presque.

— OK… mais sache que nous, on va remonter la 11 jusqu'à Marten River, d'où on prendra la 656 jusqu'à Field. Le plus loin qu'on peut vous suivre, c'est si on continue jusqu'à River Valley. Mais là, faudra descendre la 539. À partir de Warren, on prendra l'autoroute 17 jusqu'en ville. Ça fera beaucoup de kilomètres où nous serons loin. Il n'y a pas de chemin qui suit le sentier que vous allez emprunter.

— Ça va. On va se voir à Field d'abord… Merci… de me laisser finir ce que j'ai commencé avec mes amis, une dernière…

Après avoir consommé des boissons chaudes dans la salle à manger aux murs en bois noueux, ils déposèrent les tasses sur la nappe à carreaux rouge et blanche. Une fois de plus, les motoneigistes enfilèrent leurs manteaux. En sortant, Théo en profita pour prendre en photo l'énorme statue en forme de doré. Ce grand poisson était toujours populaire auprès des visiteurs et des habitués de la place.

Maintenant que l'équipe Gervais-Marchand-Bilodeau-Quesnel descendait vers le sud par le sentier A104 D, Phil et son épouse se retrouvaient seuls dans leur Dodge Ram. Le mari rapporta la conversation qu'il avait eue avec leur fils.

— Il est vraiment têtu, celui-là !

— Je me demande de qui il prend ça, répliqua Anne-Marie, pour détendre l'atmosphère.

     L'Odyssée des neiges

– Il a fini par me remercier de le laisser finir ce qu'il avait commencé avec ses amis... Il n'a pas fini sa pensée, mais je sais qu'il allait dire une dernière fois. Une dernière fois. À dix-sept ans, savoir qu'on fait de quoi d'amusant, pis que ça ne se reproduira... parce que... parce que...

Phil ne put terminer sa phrase lui non plus. Une main de fer lui serrait les tripes. La sensation lui coupait la voix. Oh, comme il rêvait que les médecins se soient trompés. Que son fils ne se trouve pas parmi la moitié des adolescents qui n'arriveraient pas à vaincre un cancer, la bête qui les grugeait petit à petit jusqu'à ne laisser qu'une coquille d'eux-mêmes, avant de les achever. Alexis n'aurait pas la chance de connaître les aventures, les joies, les peines, les défis, les obstacles et les réussites qui marquent la vie d'un adulte. La vue brouillée par les larmes, les parents s'étreignirent quelques instants.

À l'intersection de la A106 D et du sentier D, Lucette tourna vers l'ouest. Sophie, qui avait repris les commandes, fit de même. De là, ils arrivèrent rapidement à Field pour leur premier rendez-vous. Ils ne firent qu'une pause toilette avant d'enfourcher les motoneiges, pressés de rejoindre River Valley pendant qu'il y avait toujours de la clarté. Une fois de plus, l'arrêt fut de courte durée. Phil et Anne-Marie les attendaient avec des jerrycans. Craignant qu'il manque d'essence dans les ski-doos, ils aidèrent Sophie et Théo à faire le plein. Pendant la brève pause, les quatre voyageurs décidèrent de poursuivre l'épopée après le coucher du soleil. Le mercure chuta de quelques degrés. Lucette jetait des regards furtifs au ciel. La lune et les étoiles firent une apparition écourtée, vite voilées par des nuages. Grand-mère Gervais savait que cette transition leur apporterait de la neige. Elle pria pour qu'ils puissent au moins franchir la limite du district 12, le leur, avant que les flocons ne s'abattent sur eux.

Il commença à neiger lorsqu'ils passèrent au sud du parc provincial Sturgeon. En moins d'un quart d'heure, les précipitations s'intensifièrent. C'était féerique, mais la lumière projetée par leurs phares réglés à haute intensité rendait la visibilité quasi nulle. Les deux chauffeurs ne voyaient que du blanc scintillant. On diminua la force de l'éclairage afin de ne plus être ébloui par le reflet. La forêt se métamorphosa sous l'effet de l'obscurité qui prenait le dessus. Le trajet rectiligne leur permit d'ignorer les indications pour le sentier D104 et le C206 D. Ils suivraient la D jusqu'au bout de la rivière Wanapitei, un peu en retrait de leur ville. Les yeux de la vieille dame n'étant plus aussi bons dans le noir, elle céda sa place devant et laissa Théo mener le bal. Il était plus facile pour elle de suivre la lumière émise par son vieux ski-doo que de fixer le néant, kilomètre après kilomètre. Dès que Théo vit Sudbury annoncé, il s'arrêta. Tous se levèrent deux minutes, question de se dégourdir les jambes, de se réchauffer un peu en bougeant et, bien entendu, de s'échanger des tope là.

— Sudbury, prêt pas prêt, on arrive ! cria Théo.

Un loup hurla à la lune. Enjoué, Théo fit de même. Lucette, Sophie et Alexis se joignirent à la meute pour exprimer leur excitation.

— Bon, un dernier coup de cœur et on sera là ! lança l'adolescente.

Au bout de quelques minutes, ils arrivèrent à la croisée des sentiers D et C. Les deux voies s'unissaient au bout de la rivière Wanapitei et devenaient la CD. Quelques courbes les menèrent au sentier D111. Devant eux s'étalait maintenant le stationnement du lac Ramsey, l'endroit où avait débuté leur épopée. Malgré la noirceur, ils virent que les Bilodeau n'étaient pas les seuls à les attendre. Bien au contraire, il y avait une foule énorme. On avait suspendu des lumières de Noël dans les arbres, alimentées par une génératrice dont le ronronnement était assourdi par le brouhaha des conversations. Des frileux se réchauffaient près d'un feu de joie. Une fois que Théo et Lucette eurent immobilisé leurs ski-doos et éteint les moteurs, Bernie Hawk prit le micro.

— Mesdames et messieurs, voici la dernière équipe, mais non la moindre à terminer la première édition de l'Odyssée des neiges. Ils ont parcouru le circuit, diffusé toutes les photos requises dans les médias sociaux grâce au mot-clic #Odysseedesneiges. Malgré les embûches qu'ils ont rencontrées, ils ont fait preuve d'esprit sportif et d'entraide tout au long de cette aventure. Accueillons l'équipe Gervais-Marchand-Bilodeau-Quesnel !

Un tonnerre d'applaudissements, de sifflements et de cris les assaillit. Un DJ passa aux platines afin de faire danser les centaines de gens réunis pour fêter leur arrivée. Des élèves de l'école Macdonald-Cartier vinrent féliciter leurs confrères. Phil et Anne-Marie paraissaient soulagés que le rallye soit terminé. Théo fut surpris de voir non seulement sa mère et Guillaume, son grand-oncle Albéric, Mme Maggie, les collègues du salon funéraire, mais aussi son père, son frère et son meilleur ami, qui avaient fait le trajet d'Ottawa jusqu'à Sudbury pour l'accueillir.

La fête se poursuivit jusqu'aux petites heures du matin. Des commerçants vendaient du café, du chocolat chaud et des beignets tout chauds. Quelques fêtards tiraient des lampées d'alcool de flacons dissimulés dans les poches de leur manteau. De nombreux journalistes étaient de la partie. On diffuserait des vidéos et on publierait des articles sur l'événement. Lucette, Théo, Sophie et Alexis furent tous photographiés et interviewés. Ils auraient leurs quinze minutes de gloire. De nombreux participants vinrent les saluer. Teddy et Bill bavardèrent longuement avec Lucette, la remerciant encore de leur avoir prêté main-forte au début du trajet.

Épuisés, les motoneigistes retournèrent à leurs domiciles avant la fin de la fête. Ils avaient hâte de prendre une douche chaude, de se laisser choir dans un lit douillet et d'y dormir de longues heures. Leur odyssée de près de mille kilomètres avait pris beaucoup plus de temps qu'ils ne l'avaient anticipé, mais au moins, ils en étaient revenus indemnes.

* *
*

Le lendemain matin, on poursuivit les réjouissances. La maison d'Éloïse était pleine à craquer. Elle avait invité la famille de Sophie, celle d'Alexis, et les membres de son clan, bien entendu, à *bruncher*. Cette fois, on fêterait avec ceux qui avaient suivi de près les péripéties de la compétition, ceux et celles qui avaient souffert d'insomnie et d'anxiété tout au long du parcours. Théo porta un toast à sa grand-mère, sans qui aucun des trois jeunes n'aurait pu entreprendre l'aventure. À son tour, Lucette leva sa coupe.

— Merci de m'avoir accueillie dans votre équipe. Ça m'a permis de me sentir jeune à nouveau et de renouer avec une passion qui m'allume depuis plus de trente ans.

CHAPITRE 20

Les dix consignes

Depuis une semaine, il ne cessait de pleuvoir. Le redoux du mois d'avril faisait fondre la neige. Les sentiers de motoneige étaient recouverts de gadoue. Les clubs locaux avertissaient les randonneurs d'éviter les lacs et les rivières à tout prix. C'était bien trop dangereux de s'y aventurer maintenant que, même la nuit, la température se maintenait au-dessus du point de congélation. Théo aurait aimé prolonger sa saison de ski-doo. Sophie l'encouragea en lui disant que dans le Nord ontarien, on pouvait avoir de la neige jusqu'en juin. Il avait protesté.

— Pousse, mais pousse égal ! J'en prendrais un autre deux semaines, max. J'veux quand même avoir un été !

Lucette était retournée à Ottawa quelques jours après l'Odyssée des neiges. Avant de quitter son ancienne ville, elle était allée passer une commande. En novembre prochain, elle recevrait le ski-doo flambant neuf assemblé à l'usine de Valcourt, qu'elle avait choisi dans le catalogue

BRP[2]. Au lieu de se morfondre en attendant que l'hiver passe, dorénavant elle en profiterait! La grand-mère planifiait déjà des excursions dans l'Est ontarien ainsi que dans l'Outaouais et les Laurentides. Ces sentiers-là, elle ne les connaissait pas et ils l'attiraient énormément. Bien entendu, elle passerait quelques semaines à Sudbury afin de se promener avec Éloïse, son fiancé et son petit-fils. Guillaume venait en effet de demander sa bien-aimée en mariage. Qui sait, peut-être reviendrait-elle vivre dans son patelin afin d'être à nouveau près des siens.

Théo était perdu dans ses pensées. Il regardait par la fenêtre sans rien fixer en particulier. Un éclair vint déchirer le ciel gris foncé. Il trouvait ce samedi après-midi long. Sa mère travaillait, Sophie visitait de la parenté à Verner, il était sans nouvelles d'Alexis et Tyler jouait au hockey dans un tournoi… Il éprouvait un drôle de sentiment, à la fois de l'envie et de la nostalgie. Ce sport avait marqué sa vie depuis qu'il avait commencé à marcher, mais presque un an s'était écoulé sans qu'il n'enfile ses patins. La motoneige avait comblé un vide, de décembre à mars, sans toutefois effacer le désir de donner un bon coup de patin et de lancer la rondelle dans le filet adverse.

Le téléphone qui sonnait le tira de sa rêverie. L'ado se leva et marcha sans vaciller jusqu'à la cuisine. Il avait laissé son cellulaire sur le comptoir lorsqu'il s'était préparé un en-cas un peu plus tôt. Il saisit l'appareil et fit glisser son index sur l'écran.

– Oui, allô!

---

2. Bombardier Produits Récréatifs est mieux connu sous le sigle anglophone BRP.

— Bonjour, Théo, c'est Phil...

— Salut, monsieur Bilodeau. Justement, je pensais aller voir Alexis bientôt.

— Alexis... Alexis est... décédé cet avant-midi.

Les mots fatidiques le laissèrent bouche bée. Un mélange de soulagement, de colère et de tristesse bouillait en lui.

Après avoir raccroché, Théo se rendit compte qu'il avait oublié ce que le père de son ami lui avait expliqué. Tout ce qui lui résonnait dans la tête, c'était : Alexis est mort. Il ne l'avait pas vu depuis un peu plus d'une semaine. Le jeune Bilodeau avait dit qu'il était trop fatigué pour avoir de la visite. Au début, Théo lui envoyait des textos, mais après quelques jours sans réponse, il avait cessé. Il se reprochait de n'avoir pas persisté. L'adolescent se laissa glisser au sol, assis, le dos contre l'armoire. Il se sentait étourdi et son cœur battait rapidement. Il tenta de moduler sa respiration.

Il se creusa la mémoire afin de penser à la dernière fois qu'il s'était rendu chez lui pour regarder des épisodes d'une série en rafale sur Netflix. Alexis portait un *hoodie* deux fois trop grand pour lui. Il n'avait pas mangé de maïs soufflé au caramel, dont il raffolait, que Théo avait apporté. L'adolescent avait remarqué le teint fantomatique de son ami, ainsi que les ecchymoses sur ses mains. Toutefois, il n'avait dit mot, sachant que son copain n'aimait pas parler de son état. Ensuite, les souvenirs affluèrent. Une semaine après le retour de leur périple en motoneige, Alexis était retourné à l'école. Il avait même recommencé à livrer des pizzas. Vers la fin de mars, il avait démissionné. Pas longtemps après, son ami avait cessé d'assister à ses cours. Il s'était retiré de sa vie sociale, désireux qu'on ne le voie pas dans son état maladif. L'adolescent ne pouvait plus dissimuler les symptômes de sa leucémie aiguë. Alexis Bilodeau avait voulu vivre le peu de temps qu'il lui restait comme un jeune de dix-sept ans normal. Il avait réussi à le faire presque jusqu'au bout.

Le téléphone intelligent de Théo sonna à nouveau. Tenant toujours l'appareil mobile, il tenta d'y répondre du premier coup, mais ses mains s'étaient mises à trembler. Il dut s'y prendre à deux fois. Éloïse avait reçu un appel du père d'Alexis concernant les funérailles et savait qu'il avait annoncé la nouvelle à Théo. Inquiète de l'état d'âme de son fils, que l'on bouleversait facilement, elle voulait lui parler.

– Théo ?

– Oui.

– Alexis…

– Je le sais.

Mme Gervais était habituée d'échanger avec des gens qui vivaient un deuil. Cependant, cette fois-ci, elle ne savait pas quoi dire. Le décès d'un jeune était toujours plus marquant, plus déchirant. Surtout que dans ce cas-ci il s'agissait d'un bon ami de son fils.

– Théo, es-tu correct ? Ta respiration…

– Ça va. Je n'ai pas fait de crise d'anxiété. Je suis assis par terre dans la cuisine. Je ne sais pas quand je vais me relever.

– Je serai bientôt de retour. Entre-temps, veux-tu que j'appelle quelqu'un pour toi ?

– Euh… non, je vais… non… il faut que je fasse ça tout seul.

– Bon, d'accord, je te laisse. Je t'aime, mon grand.

Éloïse déposa son téléphone et essuya des larmes. Elle se sentait chavirée. D'une part, elle était attristée par le décès d'Alexis et d'autre part, elle était soulagée que son garçon ait, pour la première fois, géré son stress et son état mental lui-même. Elle ferma les yeux, prit quelques grandes inspirations, secoua la tête et releva le menton. Son équipe avait des funérailles très importantes à organiser.

*   *
*

Le lundi suivant, le Salon funéraire Smythe, Lalonde et Gervais accueillit une foule de gens venus offrir leurs condoléances à la famille Bilodeau. De la parenté, des voisins, des collègues, des amis, des élèves et des membres de la communauté, touchés par le triste sort d'Alexis, se pointèrent en après-midi. Pendant trois heures consécutives, des visiteurs vinrent offrir des paroles de réconfort. Nombre d'entre eux restèrent dans le salon voisin, pour bavarder entre eux, se remémorer leurs bons moments avec Alexis, qu'ils avaient souvent côtoyé depuis sa naissance. La queue se prolongeait à l'extérieur.

Soucieux de sa mort qui approchait, l'adolescent avait organisé ses funérailles dès l'automne. Théo se souvenait de l'avoir rencontré lorsqu'il était venu visiter le nouveau lieu de travail de sa mère. Alexis lui avait déclaré plus tard qu'il venait choisir son cercueil. Le malade avait dressé une liste très précise de ce qu'il voulait et ce qu'il ne voulait pas. Ses parents avaient lu et relu la liste avec Éloïse Gervais. Même si Anne-Marie n'était pas d'accord avec tous les souhaits de son fils, elle était résolue à les respecter.

Je veux le cercueil en érable #24619 B.

Je ne veux pas être exposé; comme ça on se souviendra de moi quand j'avais l'air correct.

Je veux que l'on projette des photos de moi où je n'ai pas l'air malade (voir celles dans Instagram).

Je ne veux pas de cérémonie à l'église (ça serait hypocrite, je n'y vais jamais sauf à Noël).

Je ne veux pas de musique quétaine (genre violon, harpe… ou du classique). Mettez la musique de ma liste de lecture « Funérailles » dans mon iPhone. Ce sont mes chansons préférées.

Ne parlez pas de mon cancer ou de combien j'étais courageux pendant les traitements pour la leucémie.

Parlez des choses niaiseuses que j'ai faites, des bons coups, de ce que j'aimais.

Servez du popcorn au caramel pour la collation, car c'est tellement bon!

Vendez mes choses et videz mon compte de banque, puis remettez tout l'argent pour la recherche sur la leucémie.

Oubliez-moi pas. Je ne le disais pas souvent, mais je vous aime.

Théo était arrivé le premier avec Sophie et Lucette, qui avait mis le cap sur Sudbury dès que sa fille lui avait annoncé la triste nouvelle. Ils eurent un petit sourire quand apparut à l'écran une photo de l'équipe Gervais-Marchand-Bilodeau-Quesnel lors de l'arrêt à Shining Tree, au début de l'Odyssée des neiges. Ce voyage s'était avéré la dernière aventure d'Alexis.

Quand on vit que la file des visiteurs tirait à sa fin, Anne-Marie et Phil s'éclipsèrent un instant. Ils prirent quelques gorgées d'eau qui semblèrent leur rester coincées dans la gorge. Éloïse vint leur demander s'ils étaient prêts à prendre la parole. Ils répondirent d'un hochement de tête. Joseph McAlister, le préposé à l'entretien, avait installé un lutrin et un micro à côté du cercueil fermé. Les Bilodeau s'avancèrent lentement jusque-là. Anne-Marie parla en premier, remerciant ceux et celles qui étaient venus saluer Alexis une dernière fois et offrir leurs sympathies.

— Notre fils nous a laissé une liste de consignes pour aujourd'hui. Il a été très explicite. Vous avez sans doute reconnu les chansons de rock et de pop qui ont joué pendant les heures de visite. Il a aussi été fort clair sur ce dont on a le droit de parler. Afin de respecter ses volontés, nous allons partager avec vous des moments cocasses de sa vie.

— À trois ans, Alexis était très curieux, continua Phil. Il a fouillé dans mon coffre à pêche et y a trouvé des leurres de toutes les couleurs. Les vers de terre en silicone l'ont attiré particulièrement. Pensez donc ! Des *Gummy Worms* dans le coffre à pêche de papa. Mon gars a tenté d'en manger, croyant que c'était les friandises que son grand-père lui donnait en cachette. Ses dents n'étaient pas suffisamment fortes pour mâcher le plastique, donc il les a avalés tout rond. Disons qu'on a dû aller à l'hôpital, et qu'il a eu mal au ventre un bout de temps.

Plusieurs personnes sourirent et des rires s'élevèrent. L'époux céda le micro à sa conjointe.

   L'Odyssée des neiges

Elle parla d'un trophée qu'Alexis avait remporté au soccer à huit ans. Son seul trophée à vie. Elle poursuivit avec sa phase musicale, où il avait adopté la batterie, testant ainsi la patience de ses parents. Phil enchaîna avec ses maladresses de chauffeur, lorsque son père tentait de lui montrer à garer le pick-up en parallèle. Finalement, ils parlèrent de son voyage en motoneige.

— On hésitait vraiment à le laisser partir, mais il voulait vivre cette aventure-là. Quand ç'a mal été, il a voulu continuer. Alexis refusait d'attendre son dernier jour, impuissant, à la maison. Il a tenté de son mieux de vivre jusqu'à la dernière minute. Parce que c'était ça qui le gardait aller durant les moments plus difficiles.

Éloïse passa ensuite au micro. Elle dévoila qu'en plus des dix consignes qu'il avait laissées concernant ses funérailles, Alexis Bilodeau avait enregistré un message pour eux. Le visage de l'ado apparut à l'écran et sa voix émana des haut-parleurs.

— Bonjour, tout le monde. Je m'excuse ne pas être là en personne pour vous saluer. Comme vous devez le savoir, je suis occupé ailleurs, en train de vivre une nouvelle aventure. Je tiens à vous remercier d'être là pour vous rappeler mon existence et pour soutenir mes parents. Merci d'avoir joué un rôle dans ma vie. J'ai demandé qu'on ne parle pas de ma maladie. Parce que la leucémie, ce n'était pas ça, ma vie. À douze ans, quand j'ai reçu le diagnostic, j'ai compris que je n'en aurais pas pour longtemps. J'ai eu cinq ans pour tenter des expériences, pour voyager, pour faire des rencontres... Ça, c'était la vie ! Pas le cancer qui grugeait mon sang. Si vous voulez me faire plaisir une dernière fois, quand vous sortirez du salon funéraire… allez essayer quelque chose de nouveau : un sport, une *date*, un char de course… n'importe quoi qui vous excite. Vous avez plus de temps que j'en ai eu. Alors, profitez-en.

Il y eut un silence, une fois l'écran devenu noir, avant que ne reprenne le murmure des conversations.

CHAPITRE 21

Un peu d'espoir

Depuis le décès d'Alexis, beaucoup s'étaient lancé des défis personnels. On n'avait jamais vu à Sudbury autant d'inscriptions à des clubs et à des compétitions. Sans compter les gens qui avaient fait des achats impulsifs ou avaient réservé dans des destinations exotiques les voyages qu'ils remettaient à plus tard depuis des années. Chacun tentait de vivre sa vie tant qu'il en avait la chance, au lieu d'attendre qu'il ne soit trop tard et d'être passé à côté de belles occasions. Le nombre de demandes en mariage avait grimpé lui aussi. Au bulletin de nouvelles, on parla de l'effet Alexis. Certains poussèrent même l'idée un peu trop et commirent des vols pour obtenir ce dont ils rêvaient. Ces criminels vinrent ternir le message positif qu'avait laissé l'adolescent. Heureusement, ces actes de déviance firent long feu.

Théo, qui marchait de mieux en mieux, franchit le cap d'un an après son accident. Avec du recul, il trouva que l'année s'était bien déroulée, considérant la douleur du début, les rêves brisés, les problèmes familiaux, le stress, le déménagement, la rupture avec Penny, l'éloignement de Tyler, sa rencontre avec Sophie, l'Odyssée des neiges et finalement le décès d'Alexis... Malgré son angoisse maladive, il s'en était tiré assez bien. L'ado réussit à décrocher un emploi à temps partiel dans une grande quincaillerie. Ses jambes tenaient le coup bien qu'il doive passer de longues heures debout, à marcher sur un plancher de ciment. Entre l'école, le boulot, sa copine et son ami Tyler, avec qui il communiquait à distance de façon quasi journalière, le printemps passa rapidement. L'ado regrettait Alexis et le fait de n'avoir pas eu plus de temps avec lui pour apprendre à le connaître et pour découvrir sa ville d'adoption.

Quand les vacances arrivèrent, il demanda congé à son employeur afin d'aller visiter sa famille à Ottawa. Son séjour coïnciderait avec la lune de miel de sa mère et de Guillaume. La veille de son départ, il invita Sophie à aller au resto et au cinéma. Entre les bouchées de pizza, ils échangèrent au sujet de leurs plans estivaux.

— Mon père m'a trouvé une motoneige assez récente, dont le moteur a sauté. Je vais travailler dessus une partie de l'été, comme ça, j'aurai une nouvelle machine pour l'hiver, expliqua la jeune mécano.

— Oh, *cool*! Faudrait que tu me montres comment arranger les bris mécaniques les plus communs. Je pourrais me dépanner en randonnée, proposa Théo.

— Absolument, ce n'est pas si difficile que ça.

Le couple projeta de passer de nombreuses journées au bord du lac Ramsey. Peut-être qu'ils iraient faire du camping avec des amis au mois d'août. Sophie était ravie que Mme Maggie l'engage comme assistante deux jours semaine, car la physiothérapie l'intéressait toujours. Témoin des progrès qu'avait faits Théo, elle était encouragée à travailler dans le domaine passionnant de la mécanique humaine!

* *
*

Théo empoigna son sac à dos rangé dans le compartiment au-dessus de sa tête. Il suivit la queue de passagers qui sortaient de l'appareil Porter. Une fois dans l'aéroport, il tourna à gauche vers la sortie. Après avoir descendu l'escalier mécanique, il repéra le carrousel où se trouverait sa valise. En attendant que les bagages sortent, il envoya un texto. Victor lui répondit qu'il attendait dans le stationnement des utilisateurs de cellulaires et se rendrait à l'aire des arrivées dès qu'il en recevrait le signal. Théo fut dehors en moins de cinq minutes.

En soirée, il trouva étrange d'être attablé avec son père et Sandrine. Ne la connaissant pas beaucoup, il décida de lui donner une chance. Guillaume rendait sa mère heureuse, elle devait avoir le même effet sur son père. Les circonstances de leur rencontre n'avaient pas été les meilleures, mais ça, c'était du passé. Il découvrit que la conjointe de Carl avait été championne de golf. Elle lui proposa de l'initier à ce sport. Théo accepta, bien qu'incertain d'avoir vraiment le goût de frapper une petite balle blanche quatre heures de temps.

Le surlendemain, Tyler passa le prendre. Théo fut surpris de voir qu'il l'amenait à l'aréna Ray Friel. Ty passa à l'arrière du CR-V de son père Frédéric et en sortit son sac de hockey et deux bâtons. Il fit signe à son ami de le suivre. Dans une salle des joueurs vide, Tyler déposa sa lourde poche d'équipement, tira la fermeture éclair et en extirpa deux casques, deux paires de gants et deux paires de patins. Théo le regardait sans comprendre.

— On a la patinoire à nous deux pour une heure.

— Je... je ne peux pas jouer au jockey. Les médecins ont dit que c'était trop dangereux.

— On va juste essayer. Tu pourras te tenir debout grâce au bâton.

Voyant que son ami hésitait, il lui dit qu'il n'y était pas obligé s'il ne se sentait pas prêt.

— Ce n'est pas ça... il faut que je fasse ma routine.

— Évidemment, est-ce que j'aurais pu oublier ça ?

Tyler avait prévu le coup. Il mit la main dans son sac et y trouva les trois balles qu'il avait enveloppées dans un chandail. Il les remit à Théo, qui venait de prendre trois grandes inspirations et comptait les crochets au mur. Théo jongla pendant deux minutes. Ensuite, il récita intérieurement trois fois le mantra que lui avait dicté son père, tout en rythmant la cadence sur ses cuisses. « Un coup de patin, deux coups de patin, regarde-moi bien. Bâton en main, rondelle en chemin, regarde-moi bien. Passe à Martin, passe à Robin, regarde-moi bien. Dans le fond du filet, je marque un point, regarde-moi bien ! » Il termina par trois respirations profondes, avant de commencer à enfiler les patins, le casque et les gants.

Tyler passa un bras autour de lui et l'aida à marcher jusqu'à la glace. Nerveux, Théo se laissa glisser un peu en prenant appui sur son bâton.

Satisfait de ne pas être encore tombé, il donna un petit coup de patin vers l'avant. Il réussit à se propulser quelques minutes, mais le mouvement devenu inconnu lui causa un certain inconfort. Soucieux de ne pas se blesser, il resta figé. Il ne mit pas longtemps à se ressaisir. Le sport auquel il s'était voué depuis l'enfance lui avait tant manqué !

— Tu sais, T, j'ai parlé à monsieur Geoffrey et il accepterait que tu l'assistes comme entraîneur pour le camp d'été. Tu connais des stratégies, tu pourrais aider une tonne de joueurs…

— Je n'avais pas pensé à ça… on m'a dit « plus de hockey ».

— Tu ne crois pas que ça serait du gaspillage de garder ton expertise pour toi et la laisser rouiller ?

— Vu de même… C'est vrai que je rendrais un grand service au monde du hockey professionnel en entraînant les jeunes recrues… en les préparant à remporter la coupe Stanley !

— Bon, Théo Marchand, le joueur étoile, est de retour. Humble comme toujours ! lança Tyler en riant.

Remerciements

L'écriture de ce roman m'a demandé beaucoup de recherche. Plusieurs personnes m'ont prêté main-forte, de près ou de loin. Je tiens à remercier mes parents, François et Lorraine, qui m'ont initié à la motoneige lorsque j'étais enfant et qui, après mon entrée à l'université, m'ont amené dans le Nord de l'Ontario parcourir un circuit similaire à celui de cette histoire. C'est mon père qui est parti à la recherche de cartes des sentiers et qui m'a aidé à définir le trajet ainsi qu'à calculer la distance entre les arrêts de l'itinéraire.

N'œuvrant pas dans le milieu médical, j'ai eu besoin d'appui quant au diagnostic et aux traitements de Théo. Merci à Paulette Larose, lectrice et mère d'une amie, qui grâce à ses contacts à l'hôpital de Hull, m'a permis d'interviewer un neuro-chirurgien. Je tiens à remercier le Dr Hung-Ba Lieu qui a consacré de son temps pour répondre à mes nombreuses questions et m'aider à comprendre les conséquences de l'accident de Théo Marchand. Je suis reconnaissant de ses conseils et tiens à préciser que toute erreur de contenu ou d'interprétation demeure la mienne.

À propos de l'auteur

Né à Ottawa, Pierre-Luc Bélanger montre, dès son plus jeune âge, un intérêt marqué pour la lecture. Insatiable, il s'intéresse aux écrits sous toutes ses formes, de l'emballage au roman! Féru de littérature, il tente l'expérience et se met à écrire à son tour, souhaitant partager le fruit de son imagination.

Il poursuit des études à l'Université d'Ottawa où il obtient un baccalauréat en lettres françaises et en histoire, puis une maîtrise en leadership en éducation. Depuis, il est enseignant de français et occupe présentement le poste de conseiller pédagogique en littératie au secondaire dans un conseil scolaire d'Ottawa.

Dans ses temps libres, Pierre-Luc dévale les pentes en ski alpin, sillonne des lacs en ski nautique et se balade en kayak. Fervent voyageur, il a visité huit provinces canadiennes et dix-neuf pays à l'extérieur du Canada... et ce n'est qu'un début !

Après de nombreuses tentatives et des années de patience, il publie finalement aux Éditions David un roman d'aventures : *Vingt-quatre heures de liberté*. Par la suite paraîtront *Ski, Blanche et avalanche*, lauréat de plusieurs prix, et *Disparue chez les Mayas*, deux romans pour adolescents, ainsi que quelques récits pour la revue *Quad9*.

Avec la publication de *L'Odyssée des neiges*, l'auteur poursuit ses rêves, soit ceux de faire voyager les lecteurs de tous âges, de les divertir et bien entendu de leur donner le goût de la lecture et – qui sait peut-être – de l'écriture.

On peut suivre les projets d'écriture de Pierre-Luc Bélanger et communiquer avec lui dans les réseaux sociaux suivants :

- @belanger_pl
- Pierre-Luc Bélanger (auteur)
- pl.belanger.auteur
- Pierre-Luc Bélanger - auteur

Table des matières

Carte...9

CHAPITRE 1. Il lance, il… 11

CHAPITRE 2. L'attente interminable................20

CHAPITRE 3. Un dur réveil 27

CHAPITRE 4. Quand ça va mal, ça va mal.......34

CHAPITRE 5. Le départ.....................................41

CHAPITRE 6. Recommencer à neuf..................50

CHAPITRE 7. Toc, toc, toc.................................57

CHAPITRE 8. Découverte au fond du hangar..64

CHAPITRE 9. Feu vert 72

CHAPITRE 10. Tout un défi...............................79

CHAPITRE 11. La première neige 89

CHAPITRE 12. Une alliée de taille 96

CHAPITRE 13. La ligne de départ...................104

CHAPITRE 14. Incursion dans le district 14..112

CHAPITRE 15. L'arrivée en ville......................119

CHAPITRE 16. Urgence! 132

CHAPITRE 17. La ruée vers l'or......................140

CHAPITRE 18. Œil pour œil............................148

CHAPITRE 19. Du district 11 à la ligne
d'arrivée..156

CHAPITRE 20. Les dix consignes 164

CHAPITRE 21. Un peu d'espoir 173

Remerciements...179

À propos de l'auteur 181

Collection dirigée par Renée Joyal

BÉLANGER, Pierre-Luc. *24 heures de liberté*, 2013.

BÉLANGER, Pierre-Luc. *Ski, Blanche et avalanche*, 2015.

BÉLANGER, Pierre-Luc. *Disparue chez les Mayas*, 2017.

BÉLANGER, Pierre-Luc. *L'Odyssée des neiges*, 2018.

CANCIANI, Katia. *178 secondes*, 2015.

DUBOIS, Gilles. *Nanuktalva*, 2016.

FORAND, Claude. *Ainsi parle le Saigneur* (polar), 2007.

FORAND, Claude. *On fait quoi avec le cadavre ?* (nouvelles), 2009.

FORAND, Claude. *Un moine trop bavard* (polar), 2011.

FORAND, Claude. *Le député décapité* (polar), 2014.

FORAND, Claude. *Cadavres à la sauce chinoise* (polar), 2016.

LAFRAMBOISE, Michèle. *Le projet Ithuriel*, 2012.

LAROCQUE, Jean-Claude et Denis SAUVÉ. *Étienne Brûlé. Le fils de Champlain* (Tome 1), 2010.

LAROCQUE, Jean-Claude et Denis SAUVÉ. *Étienne Brûlé. Le fils des Hurons* (Tome 2), 2010.

LAROCQUE, Jean-Claude et Denis SAUVÉ. *Étienne Brûlé. Le fils sacrifié* (Tome 3), 2011.

LAROCQUE, Jean-Claude et Denis SAUVÉ. *John et le Règlement 17*, 2014.

MALLET-PARENT, Jocelyne. *Le silence de la Restigouche*, 2014.

MARCHILDON, Daniel. *La première guerre de Toronto*, 2010.

MARCHILDON, Daniel. *Otages de la nature*, 2018.

OLSEN, K.E. *Élise et Beethoven*, 2014.

OLSEN, Karen. *La rançon d'Atahualpa*, 2018.

PÉRIÈS, Didier. *Mystères à Natagamau. Opération Clandestino*, 2013.

PÉRIÈS, Didier. *Mystères à Natagamau. Le secret du borgne*, 2016.

RENAUD, Jean-Baptiste. *Les orphelins. Rémi et Luc-John* (Tome 1), 2014.

RENAUD, Jean-Baptiste. *Les orphelins. Rémi à la guerre* (Tome 2), 2015.

ROYER, Louise. *iPod et minijupe au 18ᵉ siècle*, 2011.

ROYER, Louise. *Culotte et redingote au 21ᵉ siècle*, 2012.

ROYER, Louise. *Bastille et dynamite*, 2015.

ROYER, Louise. *Téléportation et tours jumelles*, 2018.

VIENS, Mylène. *Pourquoi pas ?*, 2018.

Couverture : © Russell Charters
Photographie de l'auteur : Robin Spencer
Maquette et mise en pages : Anne-Marie Berthiaume
Révision : Frèdelin Leroux